Mit finanzieller Unterstützung der
Sparkassen-Kulturstiftung Hessen-Thüringen
in Frankfurt am Main

Nagelprobe 28

Preisgekrönte Texte des Wettbewerbs
Junges Literaturforum Hessen-Thüringen

Herausgegeben vom Hessischen Ministerium
für Wissenschaft und Kunst

Allitera Verlag

Weitere Informationen über den Verlag und sein Programm unter:
www.allitera.de

Mai 2011
Allitera Verlag
Ein Verlag der Buch&media GmbH, München
© 2011 für die Anthologie: Buch&media GmbH, München
© 2011 für die Einzelbeiträge
beim Hessischen Ministerium für Wissenschaft und Kunst
Umschlaggestaltung: Kay Fretwurst unter Verwendung eines Motivs
von Bettina Hermann
Printed in Germany · ISBN 978-3-86906-168-9

Nagelprobe 28

Vorwort

Preisrede

Wer als Neuling zu einer Jury hinzukommt, die über die Texte junger Autoren urteilen soll, ist zunächst einmal in der Hauptsache von einem Gefühl getragen: Neugier. Als ich also im vergangenen Jahr erstmals den dicken Stapel mit Texten des Jungen Literaturforums aus dem Briefkasten holte, war ich gespannt. Nun ist es nicht so, dass ich den Kontakt zu der heranwachsenden Generation bereits vollständig verloren hätte. In meiner Tätigkeit als Fußballschiedsrichter darf oder muss ich auch hin und wieder Spiele von 18-Jährigen pfeifen. Allerdings kann man Äußerungen wie »Ey, Alter, das war doch Foul« kaum als eine literarische Äußerung verstehen.

Ich war also gespannt. Nach dem ersten Lektüredurchgang dann allerdings, das muss ich offen zugeben, ernüchtert bis entsetzt. Der erste Satz, den ich in der Juryrunde sagte, lautete: »Ich habe den Eindruck, die meisten brauchen keinen Verlag, sondern einen Therapeuten.« Was in den Texten aufgefahren wurde an Leid und Schmerzen, an Verletzungen und Selbstverletzungen, an Gewalt und Rohheit, an Hilflosigkeit und verlorenen Illusionen, an Liebeskummer und Wut, habe ich mir zuvor nicht vorstellen können. Erschwerend kommt hinzu, gerade bei der lyrischen Produktion, dass sich im Deutschen das Wort »Herz« auf das Wort »Schmerz« reimt (ebenso wie im Englischen die Zeilen »late at night« und »hold me tight« wie füreinander geschaffen zu sein scheinen).

Wie gesagt, das war ein erster Eindruck, der sich auch im zweiten Jahr nicht verflüchtigt, aber doch stark relativiert und ausdifferenziert hat. Es ist immer ein großer Fehler der älteren Generationen, ihre Nachkommen für weniger bewusst ausgeprägt, für weniger engagiert und für weniger intelligent zu halten als sich selbst. Zur geistigen Flexibilität und mithin zur Pflicht einer Juryarbeit gehört es aber auch, Veränderungen mitzudenken. Das sogenannte politische

Engagement beispielsweise, das viele von der Gegenwartsliteratur einfordern, kann und muss seine Ausdrucksform wandeln, um sich in der Ära der Post-Post-Ironie nicht der Lächerlichkeit preiszugeben. Also muss auch die Jury ihren Begriff des Politischen möglicherweise auf die Probe stellen; muss wegkommen von der Vorstellung, dass politische Literatur sich nur im expliziten Eintreten für die gerechte Sache (welche ist das überhaupt in der unübersichtlichen Welt?) niederschlagen kann. Das heißt nicht, dass politisches Bewusstsein nicht vorhanden wäre. Die diesjährige »Nagelprobe« liefert mindestens zwei schlagende Gegenbeweise.

Ein Gespür für die Gegenwart zu haben bedeutet allerdings nicht zwangsläufig, sich an das Rauschen der medialen Diskurse heranzuschmeißen; im Gegenteil: Eine Verwechslung von Zeitgeistströmungen und literaturfähigem Material kann fatale Folgen haben, die wir auch im etablierten Literaturbetrieb bereits besichtigen können. Für das Junge Literaturforum bedeutete dieser grundlegende Irrtum im aktuellen Wettbewerb eine frappierend hohe Zahl von Texten, die sich ohne erkennbare literarische Notwendigkeit und hin und wieder auf Privatfernsehsender-Niveau beispielsweise mit Amokläufen an Schulen oder mit missbrauchenden Geistlichen beschäftigten.

Und noch eine Anmerkung, und dann genug der Klage: Es gibt Kriterien zur Beurteilung von Texten, die unumstößlich sind. Dazu gehören Rechtschreib- und Lesekompetenz.

Warum aber all das? Warum machen wir das? Dass es zu viele, viel zu viele Bücher gibt, dürfte niemand bestreiten wollen. Knapp 100 000 Neuerscheinungen sind es jedes Jahr allein in deutscher Sprache. Warum der inflationären Produktion von Büchern weitere hinzufügen? Warum jungen Autoren und Autorinnen Mut machen und die Hoffnung geben, es könnte etwas werden aus ihrer Karriere, wenn jeder Lektor bei jeder sich bietenden Gelegenheit die Geschichte von den unverlangt eingesandten Manuskripten erzählt, die sich zu Hunderten auf der Fensterbank des Verlages stapeln und die hin und wieder von Praktikanten mit Hilfe von Formbriefen abgearbeitet werden? Warum also?

Die Antwort ist ganz einfach: Weil es sich für jeden Einzelfall lohnt. Weil die Literatur nicht in Zahlen zu messen ist. Weil es um jedes nicht entdeckte Talent schade wäre. Weil Literaturförderung kein Luxus ist, sondern eine Investition in das intellektuelle Klima und die sprachliche Kompetenz. Weil das Junge Literaturforum sich durch die Resultate, die man Jahr für Jahr in der »Nagelprobe« nachlesen kann, selbst ins Recht setzt.

Die Erfahrung, die ich in den beiden vergangenen Jahren mit der Juryarbeit gemacht habe, ist folgende: Im Anschluss an die zweite Sitzung reibt man sich ein wenig die Augen, teils aus Erschöpfung, hauptsächlich aber aus Verwunderung: Da hat man gestritten und sich geärgert, und am Ende sind es dann doch rund 30 Texte, deren Veröffentlichung man vorbehaltlos befürworten kann. Nein, nicht nur das: Es sind Texte, die, jeder für sich genommen, wirklich gelungen sind. Originell, stürmisch, abgeklärt, stilsicher, komisch, berührend, verwirrend.

Die Bandbreite dessen, was Literatur sein kann, decken die Beiträge der Preisträger auch im Jahr 2011 auf reizvolle Weise ab: Wir haben es mit Gedichten zu tun, die deutlich geografisch verankert sind und dennoch in ihrer Sprache ein Schwebegefühl erzeugen. Wir sind der harten, manchmal knirschenden Spontaneität des Augenblickausdrucks ausgeliefert, die charakteristisch ist für die Slam Poetry. Wir werden Zeuge einer Rauscherfahrung, die sich ihre eigene Logik sucht. Wir bekommen eine Zukunftshorrorvision des Kontrollstaates vorgesetzt, in der die Übergabe eines Taschentuches schon zur Aberkennung grundlegender Bürgerrechte führen kann. Wir lesen vom Umgang mit Krankheit und vom Umgang mit Vergangenheit, von familiären Bevormundungen und emotionalen Leerstellen. Wir sind mit zwei Jungens auf einen lebensgefährlichen Lebensmitteleinkauf gegangen. Und wir werden mitgenommen auf eine Reise ans Meer, vorbei an Plattenbauten und über Straßennetze. Es sei mir erlaubt, meinen nur sehr kurzen Lieblingssatz des gesamten Wettbewerbs zu zitieren: »Dazwischen, in den 50er-Zonen, siedelt man.« Ich musste sofort an den Schriftsteller Peter Kurzeck denken und seine Bemerkung, dass die mittelhessischen Dörfer seiner Kindheit mittlerweile so umgebaut wurden, dass man bequem im vierten Gang hindurchfahren könne.

Auf solche Sätze, auf diese Momente, in denen deutlich wird, dass in den eingesandten Beiträgen sich etwas ganz Eigenes, Eigenständiges und Eigenwilliges aufbaut; etwas, das auf der Grundlage von Sprachbewusstsein und der Erkenntnis von allgemeinen Wahrheiten beruht, wartet der Juror, wartet jeder Leser von literarischen Texten. Es sind Augenblicke der Freude, vielleicht sogar des Glücks.

Dafür möchte ich den Preisträgern danken und ihnen im Namen der Jury ganz herzlich gratulieren.

Im Mai 2011
Christoph Schröder

Hauptpreise

Moritz Anton Gause

Gedichte

Auf fremden Feld

Kleiner Fuchs, auf meinem Kopfkissen nahmst Du unerwünscht Platz
frecher Vogel, und schwerlich nur ließest nach draußen Dich locken:
Lass Dich fangen von Enthusiast, Fledermaus oder Spatz –
brauchst nicht nächtens auf nächtliche Kissen Dich hocken.

Gespinst, rot geädert

Vom heutigen Irren zwischen Bahnsteigen und Bahnhöfen der Gedanke
Lauernd die Katze am Hang, Furche an Furche, auf Jagd in Ammerbach, nach Mäusen. Tief stand die Sonne am Abend.
Gefallen hätte sie Dir, ruhig verharrte sie, Du
lagst morgens bei mir, Dein Rücken an meiner Brust, meinem Bauch.
Langsam trieben wir, im Bett, in den Tag hinein.
Im Waggon der Blick aus dem Fenster: der Flieder, zwischen Weiden, Birken
und Pappeln versteckt, am Bach. Elstern streichen ab, es sind zwei.
Rostroter Falter, blauer Perlen Flügelränder, mir
bleibt der Gedanke an Dich, Kleiner Fuchs, das ist
des Falters Lapislazuli, von meinem Kissen nahm ich ihn sanft auf,
das Fenster geöffnet, doch flüchten wollt er nicht.
Gedanken an Dich, so verzweigt die Gleisanlagen, Frankfurt Hauptbahnhof.
Zwischen hallenden Durchsagen, klappernden Trolleys und Hamburger Fangesängen,
den zischenden und kreischenden Bremsen: ich mit Milchkaffee, viel Schaum,
den reichte ich Dir gern, auf einem Löffel, wie in Amsterdam nach Mitternacht –
ich wunderte mich selbst über mich. Du hieltst die Augen geschlossen,
und schmecktest nach, ein wenig Schaum noch zwischen Deinen Lippen.
Es sind die Züge, die Trams, das Unterwegsein überhaupt, wie Du bald sitzt,
über den Brenner in die Nacht, im Waggon lesend und schreibend, daran denk ich.
Oder unser Weg den Bahndamm entlang, langsam den Himmel ausmessend

die Sternschnuppe über dem Feld. Regionalbahnen, rot,
Dein Haar,
ein kecker Falter in der Nacht. Es ist alles der Shawl
im Gespinst, rot geädert Kleiner Fuchs, Bahnhof Mainkur.

Kurzer Brief aus der Nacht

Die Fähe, entlang des Bahndamms, strich vorbei,
als setztest Du ein Zeichen mir von Ferne.
Die Nähe dieses Abends: ich bin allein, doch hier sind zwei,
als netztest so für mich im Tau mir Sterne.

Moritz Anton Gause, 1986 in Berlin geboren, lebt und studiert in Jena. Bisherige Veröffentlichungen: Beiträge in »Nagelprobe 26« (2009) und »Nagelprobe 27« (2010), »Palmbaum. Literarisches Journal aus Thüringen«, »Zeichen & Wunder« und in »L. Der Literaturbote«.

Robert Leopold Loth

Weidenbaum

Immer nur lagen wir und lagen, bis wir uns staubig fühlten und
warm. Und schließlich bist du aufgestanden, um ins Bad zu gehen.
Dort lagst du in der Badewanne – im kalten Wasser bis deine Finger
aussahen wie gequollene Schwämme, mit feinen Rillen und gewölbten
Hügelketten. Ich stand auf und vor dem Spiegel, vor einem Gesicht weiß
wie Wachs, beziehungsweise grau und gelblich mit violetten Adern
darin, scheußlich wie eine Leiche samt Schatten unter den
glasigen Augen, die schwarz waren und fern – schwarzes Haar, das
zu flüchten schien. Und ich roch das seifige Wasser – das Wasser,
in dem du lagst, immer nur lagst; bis deine Finger aussahen wie
gequollene Schwämme.
Ich ging ins Bad und sah dich – deine nackten Brüste, deine feine
bleiche Haut. Schließlich nahm ich die alte Polaroid aus dem
Schrank, blickte durch den Sucher der Kamera und versuchte, deinen
Körper zu fixieren. Ich streckte meine Hand aus *und es wuchs darauf
ein Weidenbaum*, zu dessen Füßen du im
Wasser triebst, die beringten Hände auf der Flut. Und wie ich dich
so sah, griff ich das Foto und hielt ein brennendes Streichholz
darunter, betrachtete wie deine Haut Blasen warf, roch

den
verbrannten Kunststoff und warf dich schließlich zu dir ins Wasser.

Robert Leopold Loth, 1987 in Suhl geboren, studiert Literatur- und Kulturwissenschaft in Dresden. Bisherige Veröffentlichung: Beitrag in »Wortwuchs Journal für junge Literatur«.

Daniel Kroiß

Die Nachbarn

»Die Geranien müssen weg«, sagte er. Er saß am Fenster, die Schuhe hatte er unter den Stuhl geschoben, während sie sich auf das Hotelbett gelegt hatte und Kreuzworträtsel löste. »Orchideen«, sagte er, »die würden auf unserem Balkon viel besser aussehen.« Sie trug ein Wort ein. »Außerdem«, fuhr er fort, »sollten wir mal was mit der Fassade machen. Nach sechzehn Jahren mit demselben Putz. Das Weiß ist von den Abgasen grau, bald wird es schwarz, wenn wir nicht drüberstreichen.«

Er sah sie an. Sie lag auf dem Bauch, hatte ihre Jeans ausgezogen, die Beine über ihrem noch immer straffen Po gekreuzt, der nur zur Hälfte von ihrem engen Oberteil verdeckt wurde. Ihre natürlich-brünett gefärbten Haare verdeckten ihr Gesicht, das weniger Falten hatte als das der meisten Frauen in ihrem Alter. Auf einer Kreuzfahrt wie damals, hatte sie gesagt, da hätte sie noch ein bisschen mehr Farbe bekommen, am Pool auf dem Oberdeck, auf einem Liegestuhl ausgebreitet in der äquatornahen Salzluftsonne – *da hätte ihre Haut sogar so schön werden können wie damals.* Aber so etwas gewinne man nur einmal, hatte sie gesagt, niemand gewinne eine Kreuzfahrt ein zweites Mal, *so* viel Glück könne man wirklich nicht erwarten.

»Vielleicht sollten wir auch drinnen etwas neu machen«, gab er zu bedenken. »Neuen Teppich, Laminat, wenn du magst, oder das Wohnzimmer austauschen. Weniger mit Holzfarben, immer nur braun, während andere Leute«, er deutete auf den Schrank vor dem Hotelbett, »sich mehr trauen. Das hier ist etwas anderes, *hier* sind die Schränke schwarz, die Vorhänge rot, die Wände gelb. Der Boden«, er zog die Buchstaben genussvoll in die Länge, »*la-mi-niert*. Unsere Vorhänge sind so weiß, die Wände sind weiß, die Schränke alle braun, immer braun. Und dazu diese Geranien, sieh's dir an.« Er zeigte auf das Haus auf der anderen Straßenseite. »Und hier haben sie Orchideen. Wir sollten uns auch Orchideen auf den Balkon stellen.« Sie klickte zweimal auf den Kugelschreiber, strich einige Felder aus und fragte: »Warum sitzt du auch die ganze Zeit vor dem Fenster?«

Mit einundzwanzig hatte sie die Kreuzfahrt gewonnen, quer durchs Mittelmeer – Italien, Griechenland, Ägypten. Nicht mit ihm, aber sie erzählte ihm gerne davon. Zwei Wochen auf dem Schiff. Der nächste Gewinn war ein dreiteiliges Topf-Set gewesen, danach eine Übernachtung in Hamburg, ein Messerblock mit sechs Messern aus rostfreiem Edelstahl, zwei Camping-Klappstühle, ein Jahresvorrat Erdbeermarmelade, sogar der Massagestrahl-Duschkopf war ein Gewinn gewesen – dazu immer wieder kleinere bis mittelgroße Geldbeträge, als letztes waren sie im Schwarzwald gewesen: kostenlose Busfahrt in einer Reisegruppe, Hotel mit Vollpension und Blick auf die Schweiz.

Sie drehte sich auf die Seite. »Du hast gesagt, du fändest es lustig«, sagte sie. »Residenzhotel, das wäre doch lustig, hast du gesagt, stell dir *das* doch mal vor, hast du gesagt, die Nachbarn im Residenzhotel. Und ich habe dir gesagt: Nein, überleg dir das gut und: Willst du's überhaupt, wir könnten das auch gewinnen, habe ich gesagt, und dann sitzen wir da und dann. Und jetzt starrst du ständig unser Haus an, das hab ich kommen sehen, hör doch auf damit.« »Was willst du denn sonst machen?«, fragte er. »Wir könnten in die Stadt fahren.« Er grunzte. »Ist doch bescheuert.« »Zoo? Museum?«, bot sie an, »Stadtpark vielleicht?« »Zoomuseumstadtparkvielleicht«, brummte er. »Da waren wir doch überall schon. Nein. Nein, ich werde das hier jetzt erst ordentlich durchdenken.«

Sie drehte sich wieder auf den Bauch und füllte ein längeres Wort aus. Die helle Hornhaut auf ihren Füßen fiel ihm zum ersten Mal auf; eine selten betrachtete Stelle, vielleicht hatte sie es selbst noch nicht bemerkt. Er fragte sich, ob er sie einfach darum bitten sollte, sie zu entfernen. Die Hornhaut einfach abkratzen, abschaben, abfeilen. In ihm regte sich ein Ekelgefühl; während er über den richtigen Ausdruck nachdachte, entschied er sich dagegen. Stattdessen widmete er sich wieder dem Fenster. Ein nicht abreißender Strom von

Kleinwagen und Transportern, Familienmobilen, teureren Fahrzeugen und Lastern trennte seine beiden Schlafzimmer voneinander. Kurz war ihm, als fahre der Bus der Linie 63, der unten vor dem Hotel hielt, in die Wand hinein. Da war jetzt eine Straße, ging ihm durch den Kopf, zwischen seinen Schlafzimmern verlief eine Straße. Eine Straße in seiner Wand, eine Straße als Wand, eine Wand zwischen Geranien und Orchideen.

»Auf unserem Klingelschild stehen immer noch beide Namen«, sagte er. »Dass wir das nie geändert haben.« Er zog seine Strümpfe aus und betrachtete die Unterseite seiner Füße. Er schluckte. Als er mit den Fingernägeln daran kratzte, lösten sich kleine Schuppen ab. Er holte Luft.

»Ich könnte schnell rübergehen«, meinte er. »Eigentlich ist das ja nicht viel Arbeit: Ich könnte rübergehen, den Computer hochfahren, ein neues Schild ausdrucken – mit unserem Nachnamen nur, der Nachname reicht ja – und in einer halben Stunde, nein, in zwanzig Minuten wäre ich wieder hier.«

Sie strich sich die Haare aus dem Gesicht und runzelte die Stirn. »Bei der Gelegenheit«, fuhr er fort, »könnte ich die Geranien vom Balkon nehmen. Die gefallen mir wirklich nicht mehr. Ich weiß ja, was du denkst: Ich hätte das ahnen müssen, das denkst du, dass wir gewinnen, meine ich, weil du manchmal Glück hast mit solchen Dingen. Aber ich habe es wirklich nicht geglaubt, diesmal nicht. Allein die *Vorstellung*, verstehst du. Und dann sind wir doch hier, mit den Koffern. Das war fast wie ausziehen – Orchideen gefallen mir einfach besser. Aber auf beiden Straßenseiten?« Sein Blick ging im Zimmer herum – »Fast wie ausziehen«, wiederholte er. »Unser Haus steht einfach da, direkt vor uns steht unser Haus und bleibt da stehen ohne uns. Dunkelgrau die Fassade. Und die Hotelfassade ist gelb, weißt du noch: Wir haben immer diese Wand vor uns gehabt, beim Frühstücken, beim Abendessen, sogar schon beim Aufstehen, wenn wir die Rollläden hochgezogen haben. Immer diese gelbe Wand. Was für eine schöne Farbe, haben wir immer gesagt, dieses Gelb. Aber zwei Häuser mit derselben Farbe, die sich *gegenüber*stehen, stell dir das mal vor; das geht ja nicht.«

Er stand auf und zog seine Strümpfe wieder an, dann schlüpfte er in die Schuhe. »Höchstens zwanzig Minuten wird das dauern, dann haben wir das neue Klingelschild und die Geranien sind vom Balkon. Auch wenn du denkst, dass das noch drei Tage Zeit gehabt hätte, ich weiß, dass du das denkst, aber ich kann es die ganze Zeit sehen, es stört mich; die Geranien und das Klingelschild, das stört mich vor allem anderen.« Er ging zur Tür, sein Blick fiel auf ihre Taille, kletterte den langen Rücken empor, überschritt erregt die Schultern. »Ich könnte es auch einfach abnehmen, wenn du willst«, sagte er mit der Türklinke in der Hand. »Das Namensschild, meine ich. Einfach abnehmen. Weg mit den Geranien, abnehmen das Klingelschild. Und dann sehen wir weiter. Dann sehen wir, was wir weiter machen. Was meinst du?« Sie tippte mit einem Fuß an den anderen, ihre Waden schaukelten rhythmisch hin und her. Auf den Fußsohlen diese Hornhaut. Das musste er ansprechen, so konnten sie nicht weitermachen. Schöne Haut ohne Kreuzfahrt und Oberdeck, ohne Pool und Sonne, dachte er – daran mussten sie arbeiten. »Das Lösungswort ist Traumurlaub«, sagte sie, während ihre Hand den Stift ruckartig über das Blatt gleiten ließ. »Zu gewinnen gibt es diesmal einen Wohnzimmertisch. Willst du den?«

»Es ist wie ausziehen«, erklärte er dem Mann an der Rezeption, »gelbe Wände, schwarze Schränke, rote Vorhänge. Laminat auf dem Boden, vor den Fenstern Orchideen. Meine Frau gewinnt jetzt einen Wohnzimmertisch, müssen Sie wissen. Ich gehe rüber und hole das Klingelschild. Aber danach muss das mit den Füßen geklärt werden. Das ist das Wichtigste.«

Daniel Kroiß, 1988 in Groß-Gerau geboren, studiert Germanistik und Geschichte in Mainz. Bisherige Veröffentlichungen: »Unter Verdacht« in: »Nagelprobe 25« (2008), »Nur Espresso für Monsieur Laroche« in »Nagelprobe 27« (2010), »Rheinpiraten« in: »Hirngespinste« (Anthologie zum Stockstädter Literaturwettbewerb 2008/2009), »Hinter der Tür« in »L. Der Literaturbote« (Heft 99/100).

Stanley Schmidt

Systemlüftung 2

Während einer unserer Spaziergänge durch Problemkieze von Berlin-Mitte in Richtung Wedding trafen wir eines Tages auf einen Demonstrationszug, liefen dem durchwachsenen, ordentlich in Ketten sortierten Schwarzen Block hinterher und fanden uns auf einmal in einem Polizeikessel wieder, den zu verlassen uns und auch allen anderen vorsätzlich, bewusst oder unbewusst anwesenden Menschen verboten war.

Außer rumzuschreien unternahm der Schwarze Block nichts von alldem, was wir von ihm erwarteten. Wir ergötzten uns daher an den drei Feuerwerkskörpern, die den Himmel in rotes Licht tauchten, und bewunderten die Polizisten, die den Kessel bildeten und im Gegenzug mit Farbe besprenkelt wurden. Sie sahen mollig gepolstert aus und waren mit den neuesten Errungenschaften der Angriffs- und Verteidigungstechnik für den effektiven Nahkampf ausgestattet. Gegen solche als Michelin-Männchen verkleidete Hooligans wäre uns jeder Steinwurf eher als eine symbolische Handlung oder eine Performance vorgekommen. Vielleicht flog deshalb auch kein Stein aus der demonstrierenden Jugendkultur, die sich mit den letzten vom Aussterben bedrohten Hausbesetzern solidarisieren wollte und anscheinend über zu wenig Strategie, Kreativität und Waffen verfügte, um ihren radikalen Drohungen Rückgrat zu geben. Überhaupt schien uns neben der Hausbesetzerbewegung hier alles vom Aussterben bedroht. Berlin-Shopping-Mitte bot sich uns als eine Kulisse, die um alles in der Welt probiert, Harmonie und Glückseligkeit zu kaufen und zu verkaufen und dabei gar nicht merkt, dass allein schon diese Kulisse wie die Haut eines 16-jährigen Pfirsichs aussieht – hinter die Kulisse wollten wir in diesen Fall gar nicht schauen.

Während unsere Verwunderung darüber, wie man einen Stadtteil dermaßen dem allgemeinen Aussterben überlassen kann, kam mir ein bezeichnender Katalogeintrag des Club Méditerranée in den Kopf, den ich irgendwann als wichtiges Dokument einer sonderbaren Epoche für unsere Kindes-Kinder archiviert habe.

Der Club ist der Club, in dem man bestimmt sein Kränzchen von Gleichgesinnten findet. Auf dem Trimm-Trab. Auf dem Selbstbesinnungs-Trip. Auf dem Barhocker. Im Lotussitz. An der Töpferscheibe.

Am Schießstand. Beim Tauchen, beim Tanzen, beim Tennis, beim Träumen. Traumhaft, wie breitgestreut die Interessen der Club-Individualisten sind. Traumhaft, mit welcher Toleranz man sich begegnet.

So schlägt denn auch keiner die Hände über dem Kopf zusammen, wenn man sich statt Schiffeversenken lieber dem Spiel hingibt, sich in sich selbst zu versenken. Was dem einen Judo, ist dem anderen Yoga.

Was dem einen heiße Diskussion, ist dem anderen stille Meditation.

Der Club hat Platz für alle. Und einen Kranz von Dörfern an den schönsten Stellen der Welt. Ein Grund für Sie, in diesem bunten Reigen mitzuwirken. Urlaub wie im Paradies, nur nicht so einsam.

Da wir ja in dem Polizeikessel standen, konnten wir noch nicht einmal etwas Wohlgezier aus den angrenzenden Harmoniebedarfshandlungen erwerben, um der Langeweile und Kälte etwas einzuheizen.

Doch dann kam die langersehnte Durchsage, dass die Gekesselten nun in Kleingruppen das Viertel, welches sie nicht haben wollte und das sie nicht haben wollten, verlassen sollten. Doch der Kessel blieb von innen nach außen geschlossen, wohingegen von außen mehrere Kleingruppen von Polizisten der Einheit 21 und 23 den Kessel betraten und damit begannen, wahllos die eingepferchten Menschen mit Schlägen und Tritten zu traktieren. Der Reihe nach fielen die Menschen um oder taumelten durch die Gegend; Blutüberströmte wurden auf den Boden gedrückt, bis der Befehl kam, sie in die Krankenwagen zu bringen.

Die Menge schwabbelte durch die vielen Attacken gandhimäßig hin und her, wobei immer mehr Freiräume entstanden. Schließlich war es ja eine Demonstration für autonome Freiräume – Ziel kurzfristig erreicht.

Nachdem die Freiräume von gewalttätigen, ständig von neuem attackierenden Polizisten gefüllt wurden, durfte die Menge unter Schubsen und Schlagen den Kessel in Form von Kleingruppen verlassen.

Während wir an den uniformierten Michelin-Männchen vorbei getrieben wurden, dachte ich an einen Ausspruch des mittelgroßen Faschisten Pinochet: »Manchmal muss die Demokratie im Blut gebadet werden.« Aber wer entscheidet eigentlich, wer wen wie doll badet?

Die Demonstranten waren anders als ich ziemlich abgeklärt und meinten, dass es normal sei, dass die 21er- und 23er-Einheit die Leute blutig bufft und knufft. Das ganze kam mir sonderbar vor, und ich fragte mich, wie wohl der halbgroße Faschist Stauffenberg auf solche Polizeieinheiten und deren Führer reagiert hätte. Interessanter fand ich aber die Frage, was passieren würde, wenn solche Einheiten auf Menschen mit mehr Würde und Wut losgelassen würden. Kann es da nicht schnell passieren, dass man, bevor man sich am Boden liegend mit Füßen treten lässt, diesen Herren in die Beine schießt?

Unser Anwalt, ohne den wir uns nicht in Problemstadtteile trauen, erzählte uns nach langem Schweigen eine interessante Geschichte:

Einmal sollte die Einheit 21 einen neuen Führer bekommen, kurz nach dem 1. Mai. Zum 1. Mai allerdings wollte sich der neue Führer seine neuen Untergebenen in Aktion anschauen. Diese hatten so viel Spaß an ihrer gelernten Arbeit, dass sie ihn gleich mit verkloppten.

Kurz danach trat der neue Führer seinen Dienst mit seinen mehr oder weniger Untergebenen an ...

Da wurden wir unterbrochen von einem, der uns erzählte, es komme oft vor, dass diese Einheit, zu Leuten, die sie nicht mag, Judensau oder Drecksjude sage, während sie ihre gelernte Arbeit verrichtete. Er konnte uns auch noch sagen, wann und wo das geschah und dass daraufhin nichts passierte und die 21 immer noch die 21 ist.

Aus unserer Begeisterung für die Ehrlichkeit dieses euro-

päischen Happenings erwuchs nun eine beklemmende Wut, und wir beschlossen, der Sache auf den Grund zu gehen. Ist etwas Wahres an der Geschichte des Demonstranten, dann reiht sie sich in die deutsche Geschichte ein, und wir guten Menschen müssen die Alliierten rufen, woraufhin die Deutschen wieder meckern werden, sie hätten ja von nichts gewusst, das alles so nicht wirklich gemeint ... – bis dann mal wieder noch mehr Frauenkirchen, Vertriebenenzentren und Einheitsdenkmäler gebaut werden. Vielleicht sollten schon jetzt zwei bundesweite, nachhaltige Denkmalwettbewerbe ausgeschrieben werden: einer für eine, dieses Mal von zivilbevölkerungsschonenden Raketen weggebombte Frauenkirche und der andere für das wie vom Erdboden verschwundene Mügeln.
Gehen Sie doch mal wieder spazieren.

Stanley Schmidt, 1991 in Weimar geboren, absolviert ein freiwilliges soziales Jahr in der Kultur (FSJK) in der Herzogin Anna Amalia Bibliothek Weimar

Romina Voigt

Sanipass

>»*Kaufland*«, *fragte Kwanele,*
>»*is it warmer there than here?*«

Dreitausend Meter, hier führen
die Leitungen Eis, ein Pfeifen,
die Kapluft schlägt sich an den
Scheiben nieder, dreitausend
Meter, Hochland, hier liege ich
in den Federn, friere neben dir,
dicht am Boden, die Vögel geduckt,
die Halme scharf, schneidend
die Luft, im Königreich Lesotho
schreibe ich, die Flügel an den Leib
gepresst, kauern die wilden Tauben
dreitausend Meter über Null, hier
schreibe ich mit einem Stift aus Lobeda West,
mit einem Kugelschreiber von *Kaufland*
schreibe ich: Die Leitungen führen Frost,
Vögel kauern in eiskalter Luft.

Transkei

Im fremden *homeland* waren
die Landmarken auf unserem Weg
die Stoffbündel neben der Straße,
stoisch und bunt, daraus ragten
Hände und Köpfe, ganz still
im Warten für Stunden, Tage,
so sagte man uns, die Jüngsten, die Frauen,
eingeschlagen in Tücher und Decken,
die in den Boden wuchsen, wurzelten,
mit denen die Erde empor zu wachsen schien:
Mutterboden,
dachte ich und seither
glaube ich an dieses Wort.

Zulu Froschtod

ixoxo wirft sich zwischen den Fliesen
in unserem Badezimmer hin und her,
mein Lieblingssouvenir aus Durban:

Auf dem *witch doctor's market* rief ein
Zuluhändler *ixoxo*, bot den feisten
Mamas seine ausgedörrte Ware feil

und unter seinem klapprigen Stand
spielte ein rundliches Kind, das kaute
mit vier Zähnchen auf dem Wort *ixoxo*.

Romina Voigt, 1985 in Suhl geboren, studierte Literaturwissenschaft und Philosophie in Jena; Preisträgerin des Jungen Literaturforums Hessen-Thüringen 2009; zusammen mit Moritz A. Gause Organisatorin der »Lautschrift«-Lesebühne in Jena und Herausgeberin des »Lautschrift«-Heftes. Veröffentlichung von Gedichten in »Nagelprobe 26« (2009), »Palmbaum 50« (2010), »Zeichen & Wunder 54« (2010) und »L. Der Literaturbote 99/100« (2011). Im Dezember 2010 erschien ihr Debütband »hemma« bei der Literarischen Gesellschaft Thüringen in Weimar.

Florian Liesegang

Ins Blaue

Plattenbau. Ein Begriff, der immer schon die eigene Wiederholung impliziert. Intervallsiedlung. Die zwischenmenschlichen Unterschiede liegen hier in den gegeneinander verschobenen Tiefschlafphasen. Man definiert sich über die Stelle, an welcher der Tonträger hängen geblieben ist. Plattenbau. Ein Leben in Kulisse.

6:30, morgens, grau. Eigentlich müssten meine Schritte von den glatten Wänden hallen, doch irgendetwas dämpft sie, verschluckt jeden Meter. Irgendetwas zwischen Beton und Realität. Gerade sind die Laternen abgeschaltet worden.

Danziger Straße, Chemnitzer Straße, Berliner Straße – abgenutzte Verweise, keine wirklichen Optionen, nur Namen. Ein paar Blocks weiter dann Vogelarten. Finkenweg, Fasanenweg – die verbale Erweiterung einer rudimentären, auf Verkehrsinseln zurückgedrängten Natur. Storchenweg, Schwalbenweg – beides Zugvögel.

Ja, auf gewisse Weise hat hier jeder seinen Migrationshintergrund, und sei es auch nur ein schläfriges Fernweh, eine wachsende Entfremdung. Auf Balkonen und in Vorgärten glaubt man vereinzelt noch an Futterhäuschen und Plastikzwerge. Flüchtet sich ins Miniaturhafte, klammert sich daran, wenn keiner hinsieht.

Flüchten. Vielleicht ist es das ja.
Ich drehe den Zündschlüssel herum, fahre fort. Fahre weiter. Weiter weg.

Eine dünne Membran aus Industrie und Gewerbe trennt die Großwohnsiedlung vom Ländlichen. Eine unsaubere Linie, gezogen zwischen zwei Euphemismen. Provinz. Primärsektor. Ein verpasster Autobahnanschluss.

Wald-und-Wiese-und ... – die Selbstreplik ist hier draußen nicht ganz so aufdringlich. Landstraßenkurven, gelegentliche Ausblicke und Forellenteiche verleihen dem Déjà-vu einen beruhigenden Grünstich.

Schließlich, mit dem Ausklingen der Mittelgebirge, wird die Welt wieder eindeutiger, geradliniger. Die Romantik verblasst mit jedem Blick auf den Kilometerzähler, das Lenken reduziert sich auf spitzwinklige Korrekturen.

Dazwischen, in den 50er-Zonen, siedelt man. Verwaiste Haltestellen bieten der Jugend Zuflucht: Vielleicht kommt irgendwann ja doch ein Bus, einer mit einem Ziel. Dann würde man ohne Zögern das Bier wegkippen, die Zigarette ausdrücken und einsteigen. Vermutlich.

Weiterfahren. Weiter wohin?

Ich hätte irgendwo abbiegen sollen. Seit der letzten Kreuzung ist der Schilderwald ausgedünnt. Das Spektrum der Möglichkeiten hat sich zur Steppe verengt, die Erzählung ist ausgeblieben. Stehen geblieben. Man hat sich nichts mehr zu sagen, und selbst das kommt einem bekannt vor.

Fortfahren also. Nichts weiter.

Ein subtiles Abgleiten der Himmelstönung. Es wird spät. Ich halte an einem vereinsamten Imbisswagen, steige aus. Fast nichts zu hören, nur das periodische Quietschen der Hotdog-Maschine, das Husten des Verkäufers. und irgendwo hinter dem angebrannten Fett: Salzgeruch.

Ich gehe los. gehe auf die Küste zu. Auf atmende Gezeiten, auf rauschende Indifferenz.

Weiter. Fort.

Möwengeschrei:
»Weh dem, ...«
Wellen.

Florian Liesegang, 1985 in Marburg geboren, studiert dort Archäologie und Philosophie. Bisherige Veröffentlichungen: Beitrag in »Nagelprobe 27« (2010) sowie Lyrik und Prosa in dem 2010 von ihm mitbegründeten Literaturmagazin »vor|wort«.

Paul Parszyk

Kokstext

Jemand kokste von meinem nackten Hintern. Ich glaube, es war Koks. Jedenfalls lief im Hintergrund »CMND/CTRL« von Deftones, als sich wieder jemand über mich beugte. Ich konnte oder besser gesagt wollte mich nicht umdrehen. Auch mein restlicher Körper trug Nacktheit, und irgendjemand hatte mich so wundervoll aufs Bett drapiert. Ich glaube, es war mein Freund. Wir hatten uns in der Toskana kennengelernt, beim Wein trinken. Und jetzt? Nun ja. Meine Gedanken wurden unterbunden, als jemand »Du Fotze« schrie. Die Stimme klang weiblich und dröhnte mir in die Ohren. Wahrscheinlich, weil sie sich ebenfalls über mich beugte und zum Kokssprung ansetzte. Eine Kokshürde war sie jedenfalls nicht, das musste man ihr lassen.

Irgendwann lagen wir zu dritt vielleicht euch zu viert, meine Wahrnehmung war leicht beschränkt, nachdem ich das Antidepressiva-Schränkchen gefunden hatte auf dem Bett. Natürlich nackt. Eigentlich hatten wir uns gar nicht aus dem Bett heraus bewegt, außer um der Magersucht zu frönen und danach galant weiter harten Schnaps zu trinken. Irgendjemand sagte was von Dekadenz. Ich glaube, es war der nette Mensch mit der Ledermaske. Man verstand ihn sehr schlecht, er hatte wohl was im Mund. Ich fragte mich kurz, ob er wohl lächelte, wenn er abspritzt. Im Hintergrund lief »Minerva« von Deftones, vielleicht aber auch Placebo und NIN, und ich sang in Gedanken, vielleicht aber auch akustisch realisiert mit, als die junge Wilde erneut unterband. »Boa ... hattet ihr schon mal Bock auf nen Jüngling?« Ich verstand nicht sofort. Vielleicht brauchte es aber auch seine Zeit. Ich dachte nur: *Was für ne ranzige Fotze ist sie eigentlich ...* Jedenfalls beschloss ich, mal nachzuhaken, da sie irgendwie meine Neugier geweckt hatte.

»Wie meinst'n das?« Meine eigene Stimme verwirrte mich. Aber ansonsten war alles okay. Hunger hatte ich eigentlich nicht.

»Na, das Herz ist ein permanenter Muskel. Das Fleisch muss wunderbar zart sein.« Plötzlich sprach sie sehr deutlich, und gelinde hatte ich das Gefühl zu wissen, was sie vorhatte. Ich versuchte, mir den Geschmack vorzustellen. Wie es wohl ist, in die Herzkammer zu beißen und von der Leere überrascht zu werden. So ähnlich wie bei Milka Luflee.

»Ja, ich weiß, was du meinst.« Ich glaube, ich fing an zu lallen.

»Aber wo kriegen wir denn einen Jüngling her?« Dieses Wort kam mir vorher nie so ästhetisch vor. *Jüngling* ... Ich ließ es mir auf der Zunge zergehen.

»Wir fangen uns einen!« Motiviert sprang sie vom Bett. Ihr Körper, auch er trug herrliche Nacktheit, machte mich hungrig. Ich musste an blonde Locken denken – und rosa Wangen. Wahrscheinlich wurde ich subtil geil.

»Und wo?« Sie zog sich an, langsam. Ich fühlte einen Arm über meinen Rücken gleiten, vielleicht waren es auch mehrere oder was anderes, was mir irgendwie signalisierte, im Bett zu bleiben. An manchen Tagen sollte man einfach im Bett bleiben, dachte ich. Vor allem wenn man noch jung ist.

Paul Parszyk, 1988 in Gdynia geboren, studiert Allgemeine und Vergleichende Literaturwissenschaft sowie Philosophie an der Universität Erfurt und wird voraussichtlich im Sommer 2011 seinen Baccalaureus machen.

Gerrit Lange

Antisemitismus für Kinder

»Mein Kind, dein Vater und ich möchten, dass du nicht mehr diese Schlumpfheftchen liest.«
»Waaas? Aber... Mama, nee! Warum denn?«
»Wir glauben, dass der Zeichner etwas gegen Juden hat.«
»Gegen Juden? Warum das denn?«
»Weißt du, was Juden sind?«
»Ja, Daniel aus meiner Klasse ist Jude. Der geht manchmal in die Synagoge. Und nicht in die Kirche. Du hast mir den Unterschied doch mal gesagt... Wie heißen die noch mal, die in die Kirche gehen?«
»Das sind Christen, und das sind wir auch.«
»Wir sind Christen? Aber duuu, Mama, wir gehen doch gar nicht in die Kirche!«
»Warum sollten wir... Ach so, ja, naja, Christen müssen nicht in die Kirche gehen, sie können.«
»Und die anderen dürfen nicht?«
»Oh, also, doch, aber sie tun es nicht.«
»Ach so! Und warum haben die Schlümpfe jetzt etwas gegen Christen? Die haben gar nichts gegen mich!«
»Doch nicht gegen dich, gegen Juden!«
»Aber bei den Schlümpfen gibt es doch gar keine Juden!«
»Woher willst du das wissen, mein Kind?«
»In dem Schlumpfdorf gibt es gar keine Synagoge!«
»Dann haben diese Nazizwerge die eben schon abgerissen, in der Schlumpfkristallnacht, hehe, äh...«
»...?«
»Ach, das war Unsinn, das habe ich nur so dahingesagt und ganz anders gemeint, das verstehst du nicht... Ein blöder Witz, vergiss das!«
»Waruuuum?«
»Ja genau, du hast recht, es kommen gar keine Juden vor bei den Schlümpfen! Und die Schlümpfe müssen Juden gar nicht hassen, das macht der Mensch, der die malt! Ganz versteckt.«

»Ich hab das aber nie gemerkt, dass der keine Juden mag, da geht es doch gar nicht um Juden!«

»Da siehst du, wie versteckt der Hass ist! Weißte, Gargamel, dieser böse Zauberer – der sieht ganz genau so aus wie eine Karikatur vom Juden, die man früher immer gezeichnet hat!«

»Was ist eine Karikatur?«

»Öh ... Ähm ... Ein ganz gemeines Bild, das sich über Leute lustig macht! Naja, nicht ganz. Also, Menschen sehen doch alle anders aus. Jeder Mensch hat ganz besondere Merkmale, der eine eine große Nase, der andere Segelohren ... Und wenn du diese Menschen mit noch größeren Nasen und noch weiteren Ohren zeichnest, so dass die ganz komisch aussehen, dann ist das eine Karikatur. Die gibt es auch in der Zeitung.«

»Aber Mama, warum tut man die in die Zeitung, wenn das so gemein ist?«

»Weil das nicht schlimm ist, wenn man die damit nur ein bisschen veräppelt, wie die aussehen. Aber bei Juden ist das ganz anders, da gab es Leute, die ganz ohne Grund ganz doll böse auf die Juden waren, und die haben die Juden immer so gezeichnet wie Gargamel.«

»Daniel sieht aber gar nicht so aus wie Gargamel, und der ist Jude!«

»Natürlich sieht Daniel anders aus.«

»Sehen denn alle anderen Juden aus wie Gargamel?«

»Nein, natürlich nicht!«

»Warum soll ich denn dann keine Schlumpfhefte lesen?«

»Eben deshalb! Weil Juden nicht so aussehen wie Gargamel!«

»Aber eben hast du doch noch gesagt, die sehen so aus!«

»Das habe ich gar nicht gesagt! Die sehen gar nicht so aus wie Gargamel, sondern wie wir anderen auch!«

»Aber wir sehen doch alle anders aus!«

»Ja, wir sehen alle anders aus, und da macht es auch gar nichts, ob einer Jude ist oder nicht. Die sehen nämlich gar nicht anders aus!«

»Warum sehen denn die Juden nicht anders aus, aber alle anderen?«

»Was? Red nicht so einen Unfug! Niemand sieht aus wie Gargamel.«
»Was ist dann mit Herrn Böckelmann?«
»Herr Böckelmann von schräg gegenüber? Gerade der! Der redet doch nur darüber, was hier nicht in Ordnung ist und wie es zu seiner Zeit war! Wenn's nach dem ginge, dem alten Sack – der will doch wieder einen starken Mann an der Spitze haben! Ach, das musst du jetzt nicht verstehen. Aber wie kommst du denn auf den?«
»Weil der sieht doch so aus wie Gargamel

Gerrit Lange, 1988 in Oldenburg geboren, studiert Vergleichende Kultur- und Religionswissenschaften in Marburg. Gerade absolviert er im Himalaya, in Srinagar, Uttarakhand (Nordindien), ein Praktikum an einer Universität.

Marina Grgic

Peru

(Beginn einer längeren Erzählung)

5. August 1992

Als ich Gier das erste Mal traf, lachte ich über ihren Namen. Wahrscheinlich tat das jeder, wenn er Gier das erste Mal traf. Ich hatte sofort das Bedürfnis, etwas Lustiges zu sagen, um einen guten Eindruck zu hinterlassen. Sie sagte, nur kleine Kinder spielten Blockflöte, und das stimmt. Ich habe noch nie einen Erwachsenen getroffen, der Blockflöte spielt. Auch hier hätte ich am liebsten einen dummen Witz gemacht, als Gier mir von ihrer Leidenschaft für Blockflöten erzählte; aber ich traute mich nicht. Ich ging mit ihr in einen Süßwarenladen und kaufte zwei große Lutschstangen, mit denen wir mehrere Stunden schweigend verbrachten.

10. Juni 1993

Nachdem Opa ein Jahr tot war, zog Oma in unser Haus. Wir waren nur noch eine kleine Familie. Sejla (Oma), Elma (Mama), ich (Peru) und die drei Katzen, die Oma mitbrachte, weil sie der Nachbar nicht mehr wollte. Wir nannten sie Lisa, Hogar und Moby. Meistens durfte ich über Nacht Moby in mein Zimmer mitnehmen. Sie lag ruhig auf meinen Füßen und wärmte sie in der Nacht.

20. Juli 1993

Als wir begannen, Möbel auf den Dachboden zu tragen, wurde die Vermieterin sauer. Sie fand eine Kommode mit Dias, einen Kleiderschrank und mehrere Koffer von Oma. Die meisten Koffer von Oma sind gefüllt mit Stoffen. Sie sammelt neue Stoffe, Stoffreste und Kinderkleider. Wenn wir bei ihr waren, hatte jeder seine eigene Patchworkdecke. Früher nähte Großmutter viel, aber das war früher. Mama sagt, früher ist früher, und ich darf nicht über früher reden, das tut ihr zu sehr weh, und dann weint sie vielleicht. Der Staub lauert auf dem Dachboden, er liegt neben »früher« und »viel viel früher«. Er wartet dort auf mich, denn ich bin die einzige, die ihn besucht. Er ist alt geworden. Wenn ich will, renne ich hoch. Wenn es zu viel wird, renne ich schneller hoch. Die Türen knallen, niemand ist da. Dort kümmert sich niemand darum, wo du bist, und der Staub redet nicht. Ich würde Gier gern mitnehmen, um ihr den Dachboden zu zeigen, doch dazu bleibt mir zu wenig Zeit, und Zeit ist die beste Ausrede, wenn man etwas nicht will; denke ich.

3. November 1996

Mutter hasst Katzen. Sie sagt: »Katzen bringen tote Mäuse mit, und ich habe genug vom Tod.« Der Tod war lange um unser Haus geschlichen, und ich bin mir bis heute nicht sicher, ob er weg ist. Als ich kleiner war, kamen viele Briefe aus Bosnien nach Deutschland. Sie kamen nicht nur zu uns, sondern auch zu Nachbarn und Verwandten. Sie hatten unterschiedliche Absender, aber brachten alle den Tod mit. Erst später konnte ich verstehen, warum sie kamen und dass die Hälfte meiner Verwandtschaft den Krieg nicht überlebt hatte. Es starben: Onkel Ivo und Tante Remiza sowie meine drei Cousins Ivan, Durak und Emir, Herr Zaid, von dem ich erfuhr, dass er der beste Freund meiner Mutter war, Marija, die das Hochzeitskleid meiner Oma genäht hatte, die Geschwister Anja und Antonija, Onkel Mario und Luka.

Traum 0.1-Vater

Mein Vater steht vor mir, er trägt ein graues Kostüm. Er ist weich und warm. Er ist da, um mich abzuholen. Wochenendausflüge zu zweit. Kein anderer Tag als Samstag wäre besser dafür. Die Geschäfte haben offen, er schüttet Süßigkeiten über mich. Kaubonbons, Colakracher, lange Schnüre, harte Lutscher, Esspapier. Sie fallen auf mich und bilden ein Haus.

1. Januar 1997

Die erste Medizin, die ich mir alleine zuführen durfte, war eine Augencreme. »Du zuckst zu viel herum, Peru«, sagte meine Mutter und hatte Angst um mein rechtes Auge. Sie hatte unruhige Hände und ich keine Geduld. Die Creme war in eine kleine Aluminiumpackung gepresst. Die Spitze war grau und hatte einen breiten gelben Streifen. Ich taufte sie »Gier die Zweite« und stellte mir vor, wie Gier aus der Packung gekrochen kam. Ein langer gelblicher Streifen zog sich auf mein unteres Lied. Auf Giers unterem Lied sitzt immer eine gerade schwarze oder blaue Linie, die sie mit Kajal aufträgt. Ich weiß, dass es Kajal für 70 Cent bei »Bonnys« gibt.

19. Mai 1998

Ich nahm Gier an die Hand. Zusammen rannten wir die Straße entlang bis zur ersten Laterne. Wettrennen gegen die Zeit, nannte sie das. Danach waren wir nass geschwitzt. Mein T-Shirt klebte an meinem Hals, die Kehle zugeschnürt wie Gummi. Gier war fünfzehn und ich dreizehn. Am zehnten Mai vor fünf Jahren hatten wir uns vorgenommen zu schrumpfen, und das hatte nicht geklappt. Nun versuchte Gier, mich drei Jahre älter aussehen zu lassen, was gegen unser damaliges Vorhaben war, aber irgendwie auch O.K. Gier wollte mich in die wichtigste Disco mitnehmen: Barbarella. Wir kauften für Gier ein glitzerndes Paillettenkleid, weißen Lippenstift und eine gepunktete Strumpfhose. Das Einkaufszentrum war eine halbe Stunde entfernt, und wir mussten mit dem Bus fahren. Danach kauften wir für mich eine breite, tief sitzende Jeans wie Skater sie tragen und eine

Packung Blondierung in einem Drogeriemarkt. Die Vorbereitungen für das Barbarella fanden bei Gier zu Hause statt. Sie trug mir auf den Ansatz meiner Haarspitzen die Blondierung auf, und ich verteilte den Rest der Farbe in breiten Strähnen in ihrem Haar. So sahen wir uns immer ähnlicher.

Marina Grgic, 1989 in Frankfurt am Main, geboren, machte zunächst eine Ausbildung zur Sozialassistentin und studiert jetzt Soziale Arbeit an der Fachhochschule Frankfurt. Teilnahme an der Open Writing Schreibwerkstatt.

Susanne Schwencke

Der Auftrag

Fred beäugte nervös das Gebäude, auf das wir zuliefen – ich mit entschlossenem Schritt und er immer etwas hinterher. Er war verängstigt, das hatte ich schon auf dem Weg bemerkt, weil er immerzu wiederholt hatte, was der Löwe uns aufgetragen hatte. Ich hatte den Plan schon längst im Kopf und musste die einzelnen Schritte nur noch ausführen. Es war sicher nicht meine Idee gewesen, Fred zu dieser Aktion mitzunehmen. Der Kleine hatte noch nicht viel Erfahrung, und heute war Präzision gefragt. Wir hatten nicht viel Zeit.

»Welcher Wagen ist es?«, fragte Fred. Ich hatte ihn schon längst entdeckt und löste ihn mit einer geübten Handbewegung von der Kette anderer Wagen. Alle sahen sie gleich aus, doch ich war mir sicher, den richtigen zu haben.

»Das ist ja widerlich.«

Gerade noch rechtzeitig erwischte ich Fred dabei, wie er den Kassenzettel und das Salatblatt aus unserem Wagen in einen anderen werfen wollte.

»Bist du wahnsinnig?«

Mist. Im anderen Wagen befand sich ebenfalls ein Salatblatt. Welches war das richtige?

»Leg das sofort zurück in unseren Wagen!«

»Was willst du denn bitte mit einem Salatblatt und einer Quittung?«

Fred fischte Salatblatt und Quittung wieder hervor und ließ beides mit einer gewollt lässigen Bewegung des Handgelenks wieder in unseren Wagen segeln. Er sollte lieber beten, dass er das richtige Blatt erwischt hatte.

»Verdammt, befindet sich in deinem Kopf auch nur Salat?« fuhr ich ihn an. »Die Struktur dieses Salatblatts ist mit der DNA des Präsidenten bis auf die letzte Zelle identisch! Und diese schmuddelige Quittung wird unter anderem dich sehr reich machen – wenn du es nicht vermasselst mit deinen idiotischen Aktionen! Ab jetzt fasst du nichts mehr an, verstanden?«

»Schon gut, reg dich ab.« Fred tupfte sich Schweiß von

der Stirn, während wir durch die seitlich öffnenden Türen den Supermarkt betraten. Der Wagen hatte einen leichten Rechtsdrall, aber ich war Schlimmeres gewohnt.

»Der Löwe hat alles gut ausgerechnet. Wir haben zehn Minuten. In dieser Zeit müssten wir alles bekommen, was wir brauchen – solange es keine Zwischenfälle gibt. Allerdings sollten wir uns trotzdem etwas beeilen. Wenn wir um Punkt acht nicht draußen sind, fliegt uns hier alles um die Ohren.« Ich rief in meinem Gedächtnis die Liste ab, die außer mir und dem Löwen bisher noch niemand zu Gesicht bekommen hatte.

»Zuerst das Vollkornbrot.«

Fred sah mich an.

»Wir sind schon am Vollkornbrot vorbeigefahren.«

Ich wagte einen Blick nach hinten. Tatsächlich! Freds Gequassel brachte uns allmählich in ernsthafte Schwierigkeiten.

»Okay, wir haben keine Zeit, jetzt zu wenden. Du besorgst das Brot, nimmst die Abkürzung und wir treffen uns bei der Übergabe. Wenn du schon früher da bist als ich, tu so, als würdest du nur Griechisch sprechen. Und vermeide Kontakt mit Zivilisten. Die bringen nur alles durcheinander.«

»Ich soll allein –«

»Los, wir haben keine Zeit zu verlieren.« Ich packte Fred hart an der Schulter und schob ihn rückwärts. Schon war er aus meinem Blickfeld verschwunden.

Vor mir bahnte sich jedoch die nächste Katastrophe an. Ein älterer Herr steuerte direkt auf mich zu und versuchte, Blickkontakt aufzubauen. Während ich blitzschnell das Ausweichmanöver einleitete, versuchte ich, ihn aus den Augenwinkeln näher zu inspizieren. Quietschend kam der Mann keine fünf Zentimeter von meinem Wagen entfernt zum Stehen. War das ein billiger Trick?

»Entschuldigung, hat's hier Yoguretten?«

Yoguretten? Mein Gehirn raste. War Yoguretten das Codewort? Verdammt, ich hatte den Code vergessen! Wie konnte das einem erfahrenen Tiger wie mir passieren?

»Ich ... weiß nicht ...«, stammelte ich hilflos. Der durchdringende Blick des Manns traf mich erneut, bevor er den Kopf abwandte.

»Helga, hast du sie gefunden?«
»Ich hab gefragt, aber das gibt's hier nicht, Schatz.«
Ich atmete erleichtert auf. Zivilisten! Gut, dass selbst die Gerissensten der Szene den Petersburger Pakt von 1989 akzeptierten, dem zufolge Helga als Deckname unzulässig war.

Fast zu achtlos griff ich im Vorbeifahren ein Paket Zucker, kurz darauf entdeckte ich auch die Milch. Sekunden vor der Übergabe traf ich auf den hastig keuchenden Fred, der ein Paket Vollkornbrot in den Wagen plumpsen ließ.

»Da war noch eine Frau ... sie wollte auch das Vollkornbrot ...«, hustete er. Erst jetzt bemerkte ich, dass er verletzt war.

»Hast du sie überwältigt?« Ich hoffte, dass wenn ich nichts von dem Kampf mitbekommen hatte, dann hoffentlich auch niemand sonst. Fred nickte. Seine Lippen verloren an Farbe, und ich hatte nun doch Mitleid mit ihm. Selbst wenn wir lebend dieser Hölle entkommen sollten, war es fraglich, ob er den Heimweg schaffen würde ... Aber das konnte ich ihm nicht sagen. Ich lächelte aufmunternd und half ihm, sich in den Wagen zu setzen, dann ging es weiter zur Gemüsetheke.

»Das darf doch nicht wahr sein ..., kein Blumenkohl ...«, presste ich zwischen den Zähnen hervor.

»Ist doch nicht so schlimm, Carlos. Lass uns endlich hier verschwinden«, flüsterte Fred mit schmerzverzerrtem Gesicht. Er hielt sich den Arm, an dem das Blut entlangrann.

»Wenn wir den Blumenkohl nicht haben, brauchen wir gar nicht erst beim Löwen aufkreuzen, und dann hoffe ich für dich, dass du dein Testament geschrieben und feuerfest verpackt hast!«, raunte ich zurück. Fred verstummte. Mit angespannter Miene ließ ich meine Augen über die Reihen von Gemüse schweifen – da entdeckte ich inmitten der Salatköpfe einen Blumenkohl!

»Bingo!«, machte ich meiner Erleichterung Luft. »So, jetzt nichts wie raus hier.«

Schnell, aber noch langsam genug, um keinen Verdacht zu erregen, schoben wir unseren Wagen das Band entlang. Fred reichte mir Blumenkohl, Milch, Brot und Zucker, die ich auf das Band legte. Schon waren wir an der Reihe. Die Frau an der Kasse musterte die Ware mit gelangweiltem Blick. Ihr Haar war von grauen Strähnen durchzogen. Sie war sicher schon sehr lang im Geschäft. Ihrem Blick entging nicht das Geringste. Jetzt, wo es ernst wurde, gelang es mir endlich, wieder ruhig zu werden. Gelassen zückte ich den Geldbeutel.

»Das macht 3,36 Euro«, sagte die Frau und zählte mit verkniffener Miene das Geld, das ich ihr reichte.

»Das Brot war aber runtergesetzt«, plapperte Fred plötzlich dazwischen. Zwei Augenpaare durchbohrten ihn. In diesem Augenblick hätte ich es ihm gegönnt, wenn er an seinen Wunden verreckt wäre. Hatte man diesem Kerl eigentlich irgend etwas beigebracht?

»Da muss ich erst mal nachschauen«, sagte die Frau. Wie ich befürchtet hatte, sprach sie ins Mikrofon: »Antje, kommst du mal an Kasse eins?«

Ich musterte Antje. Sie war stämmiger als die Kassiererin. Für mich allein würde es schwierig werden, im Falle eines Kampfes mit beiden fertig zu werden. Auf Fred konnte ich auch nicht zählen, höchstens als Behinderung.

»Ja, das Brot war nur noch 45«, nickte sie. Fred warf mir einen triumphierenden Blick zu, den ich nicht erwiderte.

»Na gut. 3,32 Euro dann.«

Die Geldübergabe verlief ohne weitere Schwierigkeiten. Ich atmete auf, als wir das Gebäude endlich hinter uns lassen konnten. Erst, als ich Fred aus dem Wagen half, bemerkte ich, wie sich seine Gesichtszüge verzerrten. Er umklammerte meine Hand.

»Scheiße, Fred, lass dich jetzt nicht hängen! Wir haben es fast geschafft!«

Fred schüttelte fast unmerklich den Kopf.

»Ich glaub, ich schaff's nicht«, flüsterte er, »hier ... nimm du das Brot.«

Das sollten seine letzten Worte sein. Es fehlte die Zeit, um mich gebührend von ihm zu verabschieden. Es gab einen Preis, der für das Gelingen dieses Einkaufs gezahlt werden musste. Der Löwe wusste das genauso gut wie ich. Während Rauch und Asche in die Luft katapultiert wurden, schloss ich Freds Augen, nahm das Brot an mich und floh dem Ort des Geschehens.

Der Löwe empfing uns an der Tür. Mit besorgtem Blick strich er sich den Vollbart.

»Was ist denn mit Fred?«, fragte er und hob ihn aus dem Wagen in seine Arme. Ich zuckte mit den Schultern.

»Er hat sich den Ellenbogen aufgeschlagen und dann ist er eingeschlafen.«

»Sieht ja nicht so schlimm aus«, sagte Papa. »Lassen wir ihn schlafen. Und danke, dass du den Einkauf übernommen hast, mein Großer. Andere Kinder finden so was langweilig.«

Susanne Schwencke, 1988 in Wolfsburg geboren, verbrachte das Jahr nach dem Abitur als Au-pair-Mädchen in London und studiert seit 2008 Sprache, Literatur und Kultur (Hauptfach Englisch, Nebenfächer Deutsch und Portugiesisch) in Gießen.

Autorenwerkstatt

Clio Alyssa Voß

Die gegenwärtige Situation des R. Swoboda

In den allermeisten Fällen erwies sich der letzte Tag des Jahres als der deprimierendste, zumindest, was Rufus anging, und was die Sache noch verschlimmerte, war, dass es sich zudem um den letzten Tag des ersten Jahres eines neuen Jahrzehnts handelte. Ein Jahrzehnt, dessen Beginn er sich schillernder, spektakulärer vorgestellt hatte, und schon war es vorbei, dieses erste Jahr, er hatte noch immer keinen Job, kein Mädchen, und es fühlte sich an, als wolle ihn jemand schubsen über die Grenze des einunddreißigsten Zwölften zum ersten Ersten, dabei wäre er gerne stehen geblieben, wollte nur ein bisschen noch verweilen.

Rufus bezog Hartz 7, womit er sich den Großteil seines jungen Lebens lang in der so genannten *Präventivstufe 1* befunden hatte, was bedeutete, er gehörte zu jener Sorte von Bürgern, die, so hatte der Staat aufgrund verschiedener Statistiken beschlossen, tendenziell gefährlicher einzuschätzen waren als Personen, die kein Hartz 7 bezogen, tröstlicherweise aber nicht so gefährlich wie die Angehörigen der *Präventivstufe 2*, die z. B. einmal in ihrem Leben eine Strafe auf Bewährung von bis zu zwei Jahren oder eine Jugendstrafe erhalten hatten. Erstpräventivler, so der Umgangston, mussten die Behörden spätestens zwei Tage im Voraus über jede Überschreitung der deutschen Grenze mit Angaben zur Rückkehr und des Grundes – Urlaub, et cetera – informieren, über die geplante Uhrzeit des Grenzüberschreitens plus minus einer Stunde *menschlicher Verspätungstoleranz* (Verkehrsunüblichkeiten wurden aufgezeichnet und automatisch der angegebenen Uhrzeit der/des Bürger/s/In der *Präventivstufe 1* angeglichen), damit der Alarm bei Registrierung des Kfz-Kennzeichens nicht anschlug. Früher war Rufus mit Kumpels zu Silvester noch spontan weggefahren, nach Amsterdam, hauptsächlich, um Gras zu rauchen, wären sie damals erwischt worden, hätte sie das rückwirkend sogar in *Präventivstufe 3* gebracht, sie hatten wirklich Glück, sagten sie oft, andererseits, wer rauchte heutzutage noch Gras. Wann hatten die Niederländer eigentlich das Kiffen verboten, da war er sogar noch ein Teenager gewesen, fast zehn Jahre lag das jetzt zurück, nicht lange vor diesen Trips hatte er schließlich erst mit dem normalen Rauchen begonnen, damals hatten die Kippen gerade mal um die fünf Euro gekostet, und in manchen Kneipen war ganz offiziell erlaubt, drinnen zu rauchen, es waren wirklich paradiesische Zeiten gewesen, Kameras nur an den Bahnhöfen und Bankautomaten. Schwer, es sich heute noch vorzustellen, dass man seine Zigaretten einfach auf den Boden werfen konnte, und es tatsächlich keine Konsequenzen gab, weil in den Parks, den Plätzen und Straßen keine Kameras installiert waren, überhaupt, unvorstellbar, dass zu dieser Zeit niemand bei den Hartz- – wie viel war das damals – Hartz-5-Empfängern monatlich das Konsumverhalten überprüfte, und bei ihm jedes Mal, »Jaja, Wein trinken Sie gerne, was, Herr Swoboda?!« und zackzack, etwas auf dem MobileScreen notiert, aber so, das Rufus es nicht sehen konnte. Die ganzen Perser, hieß es, hauten ab, zurück in den Iran, selbst wenn sich das Land auch nach der Befreiung noch nicht erholt hätte von der jahrzehntelangen Diktatur, würden, so sagte man, die Perser meinen, Deutschland sei auf den besten Weg ... nun ja, wohin, das sagten sie nicht genau, aber wenn es jemand wissen müsste, dann doch die. Und Rufus wusste es auch, er wusste, wie es sich anfühlte, ein Präventivgefährlicher zu sein, auch wenn die Politiker es anders betitelten, als »Bürger unter verstärkter Beobachtung zum Wohle der allgemeinen Sicherheit«, so in etwa, er wusste, wie sich die Blicke anfühlten, dass man sich zu lange im Nacken kratzte an den Bushaltestellen, wo sie einen von ganz nah und schräg oben filmen. Sie wussten, welchen Bus Rufus nahm. Sie wussten, wie oft, aber sie wussten nicht warum, denn wo will einer hin, der nicht arbeitet? »Bürger der Präventivstufe 1 stehen auch ohne konkreten Verdacht unter Beobachtung von Freizeit- und Konsumverhalten«, stand im Gesetz, »weitere Maßnahmen dürfen erst in Verbindung mit verdächtigen Begebenheiten erfolgen«, hieß es weiter. Rufus gab an der Bushaltestelle einem niesenden Fremden ein Taschentuch.

»Ein Taschentuch, klar, Herr Swoboda, das haben wir gesehen, aber war nicht vielleicht etwas *in* diesem Taschentuch, ein Mikrochip zum Beispiel? Sehen Sie, natürlich wollen wir Ihnen keine Schwierigkeiten bereiten, aber für uns sieht es so aus, als würde der Mann auf den Aufnahmen das Tuch nicht sofort zur Nase führen, Sie verstehen, und Sie wussten auch nicht, dass dieser Herr bei uns aktenkundig ist – Stufe 3?«

»...«

»Ich muss Ihnen leider sagen, wir haben zudem festgestellt, dass dieser Herr und Sie nur einige Straßen von einander entfernt aufwuchsen. Also, machen Sie es uns nicht so schwer, Sie belasten ansonsten nur sich selbst, *was war in dem Taschentuch?*« Rufus, stammelnd, Rufus, zu Hause, ein Schreiben im Maileingang öffnend: Sehr geehrter Herr Swoboda, wir müssen Ihnen leider mitteilen, dass Sie aufgrund jüngster Vorkommnisse, wie die Polizei der Stadt (...) beschlossen hat, mit sofortiger Wirkung offizieller Bürger der *Präventivstufe 2* sind, rechtliche Angleichungen in Bezug auf Ihre Person unter dieser aktuellen Änderung der Umstände finden Sie anbei. Mit freundlichen Grüßen, Margot V. (Bundesamt für Regelungen von Präventivmaßnahmen). Rufus, im Supermarkt, mit bunten Karten bezahlend, die Hälfte seines Geldes bekam er von diesem Zeitpunkt an in Gutscheinkarten, einige für Grundnahrungsmittel, wenige für Genussmittel, wie jeder Bürger der Stufe 2, und die Verkäuferin schaute sich Rufus genau an, denn sie wusste das, die Leute in der Schlange wussten das, und an diesem ersten Abend in der neuen Stufe fühlte er sich zunehmend alleingelassen. Doch das stimmte nicht, denn genau in diesem Augenblick dachte jemand an ihn, die Verkäuferin, im geschlossenen Laden, feststellend, dass das Geld in der Kasse, selbst mit dem Betrag, der auf den Gutscheinzetteln abgedruckt war, nicht mit dem Betrag übereinstimmte, der, wie ihr angezeigt wurde, in der Kasse zu sein hätte, sofort dachte sie an Rufus und die kleinen Zettel. Sie informierte die zuständigen Behörden, nannte ihnen die Nummer der Kamera ihrer Kasse, damit der Vorfall überprüft werden konnte, und siehe da, Rufus hatte die falschen Gutscheine benutzt, überhaupt wirkte er hektisch auf dieser Aufnahme, und schon hatte Rufus eine neue Nachricht in seinem Posteingang, schon war er in Stufe 3, und dort bekam man ein schwarzes Gerät an den Knöchel gebunden, welches einem die Beinhaare einklemmte, und jetzt wusste man auch, wie lange er schlief, wie oft er zum Kühlschrank ging, denn die Ortung funktionierte auf Zentimeter genau, man sah, wann er am Computer saß, aber man sah nicht, ob er sich um die Suche nach einer legalen Arbeitsstelle bemühte oder er nicht eventuell Kontakt mit weiteren Verdachtspersonen hielt, doch das war kein Problem, denn ab Stufe 3 hatte das Amt das Recht, sich der IP-Adresse der Verdachtsperson zu ermächtigen und nachzuschauen, welche Websites besucht wurden. Und schon wussten sie, dass Rufus Mitglied der Piraten war, damals, 2012, sogar noch bis zum Tag des Verbots, schon wussten sie, zu welchen anderen ehemaligen Mitgliedern er vor ein, zwei Jahren den Kontakt hielt, wie es so geht, stand in den Mails, mit der Arbeit, mit der Katze, aber das konnten schließlich Codes sein, sagten sie ihm, ob die Partei im Untergrund noch bestehe, fragten sie ihn, und sie nahmen ihn mit, er sei durch diese Erkenntnisse leider bereits in Stufe 5, und er wisse, das heißt, präventive Haft für sechs Monate, fürs Erste, und in diesem Moment sitzt Rufus in einem viereckigen Raum, der sich nur von außen öffnen lässt. Er denkt an den ersten Tag dieses Jahres, wo er sich vorgenommen hatte, aus dieser lästigen Stufe 1 herauszukommen, Arbeit zu finden, und gleich ist es zwölf, die Tür öffnet sich und ein Polizist reicht ihm mit gönnerhafter Miene ein Plastikglas mit etwas Sekt, Rufus nickt, fünf Monate noch, dann kann er zu Vorstellungsgesprächen gehen, bei denen er hoffentlich nicht gebeten wird, seine Knöchel vorzuzeigen, Rufus Swoboda, 27 Jahre, blickt hoch auf die Digitalanzeige über der Tür, wo die Null vor der Zwei vor der Null vor der Zwei zur Eins umschlägt. Happy New Year.

Clio Alyssa Voß, 1988 in Düsseldorf geboren, studiert deutsche Sprache und Literatur in Marburg. Teilnahme an der Schreibwerkstatt Open Writing unter Leitung von Markus Orths sowie Thomas von Steinaecker im Frankfurter Literaturhaus (CrespoFoundation) und der Autorenwerkstatt der Jürgen-Ponto-Stiftung 2011 unter Leitung von Zsuzsa Bánk. Preisträgerin beim 20. Jungautorenwettbewerb der Regensburger Schriftstellergruppe International und beim Flying Sparks-Wettbewerb zum Thema crossmediales Erzählen im Rahmen der Frankfurter Buchmesse 2010. Veröffentlichungen in Anthologien und Literaturforen im Internet wie poetenladen.de.

Stefan Dörsing

Die Standpauke

Ich sag
zwischen Gewinnen und Verlieren
liegt nur ne Sackhaaresbreite,
die meisten erkennen das nicht
und bleiben deshalb ne Pfeife.

Bei mir war es nicht viel anders,
ich war schon ziemlich scheiße,
noch zu schade für Toilettenpapier
zum kacken ging ich auf die Gleise.

Ich dachte mir,
du derber Fuscher,
bringst's nie zu was,
am End wirste Kutscher,

nix gegen Kutscher,
doch Kutschen sind für die Katz
denn für Kutschen und Kutscher
ist auf der Straße kein Platz.

Ich war so n kleiner Verlierer,
so
würd' gern nach New York, schaff's nur nach Trier,
so,
nicht mal ne Freundin aber Lust auf n Vierer.

Aber,
ich änderte mich und arbeitete an mir,
verbunden mit Frust und viel Schweiß,
so hab ich mittlerweile ne Freundin
und schaffte es bis in die Schweiz.

Ich stand einfach wieder auf,
wenn ich hingefallen war,
dass das der Schlüssel zum Erfolg ist,
war mir bis dato nicht klar.

Ich sag:
Zwischen Gewinnen und Verlieren,
liegt nur ne Sackhaaresbreite
und willst du nicht verlieren,
dann vermeide halt die Pleite,
vertust du deine erste Chance,
na dann nimm eben die zweite,
vergeigst du auch die,
drauf geschissen,
die gehen nie zur Neige.
Du sagst,
du seist der Boxsack der Gesellschaft,
wie ein Pedal in das man reintreten
und ein Buch, das man auf- und zuschlagen muss.
Deine Freundin sagt,
du bist der Saftsack der Gesellschaft,
lässt dich auspressen wie Orangensaft
und zusammenfalten wie Tetrapacks,

Ich sag,
na dann sei halt Sack,
sei Sausack meinetwegen,
nimm Äpfel und Birnen die dir gehören,
lass dich nicht dauernd klein-reden.

Du bist Boxsack, sagst du,
na dann schwing einfach zurück,
auf der Nase des anderen
glaub mir, findest du dein Glück.

Du bist Saftsack, sagt man,
naja – kann doch nicht schaden,

wenn du mal kein Geld mehr hast,
gehst du in nen Saftladen.

Und dann meckerst du
und meckerst
und meckerst
und beschwerst dich,

dass unter deiner Last,
du armer Kerl,
die du zu tragen hast,

Ochsen zusammen gebrochen wären.

Du bist irgendwann mal hingefallen,
und seither schlecht drauf,
aber Verlierer bleiben liegen,
Gewinner stehen wieder auf.

Du sagst:
»Zwischen Gewinnen und Verlieren
liegt oft ne riesen-große Weite,
drum bleib ich einfach liegen,
solang bis ich dahin-scheide.«

Ich entgegne:
»Du bindest mir n Hauf
von Bären damit auf.

Das Leben ist kein Kindermenü,
vielmehr ein Elefant,
der noch erlegt werden will,

aus nem Wildschwein
macht man kein Rennpferd,

doch so lange ich lebe
bin ich der Erste
der vor meiner Tür kehrt,

aber der Letzte,
dem man sie dann auch noch zusperrt.«

Du?
Du liegst
wie die Penner auf der Parkbank
und du liegst und liegst
wie ein umgeworfener Wandschrank.

Du wärst gern wie Helge oder Rainald Grebe
und kämst bei ner Frau auch gern mal zum Schuss,
doch was du bis heute nicht verstanden hast,
dass man dafür auch mal arbeiten muss.

Und manchmal
arbeitet man eben umsonst,
aber egal,
wenn du dafür später kommst.

Ich nenne das: Lehrgeld zahlen,
denn auch ein Meister brauch was Geld,
weil wenn dieser vom Himmel gefallen ist,
ist klar das ihn nur ein Rollstuhl hält,

denn noch nie
ist ein Meister vom Himmel gefallen,
ohne sich
die Beine zu brechen.

Eigentlich sind wir alle Gewinner zuletzt,
sonst hätten wir uns als Spermium nicht durchgesetzt,
drum müssen wir nur unsere Kämpferherzen entdecken
meist tun die sich unter unserem Strickpulli verstecken.

Wenn du mal wieder verlierst
na UND?! dann scheiß halt drauf!
Verlierer bleiben liegen
Gewinner stehen wieder auf.

Denn zwischen Gewinnen und Verlieren,
liegt nur ne Sackhaaresbreite.

Sexalexa in fünf Akten

Nackt 1 – Exposition

Ich möchte ein Gedicht auf deinen Körper schreiben,
ich möchte deinen Körper in mein Gedicht verzweigen.

Gib mir deinen Körper und ich bastle dir n Gedicht draus,
gib mir deinen Körper und ich bastle Wörter,
aus deinem Atem
spinne
feines Gedanken Garn aus deinen Brüsten,

lass mich dich
und
mich über dich.

Nackt 2 – Steigende Handlung mit erregendem Moment

Alexa
kleine Alexa

Lass mich dich ausziehen,
ich lass dich mich bedienen,
lass mich deinen Körper lesen
und lass du deinen Körper ausreden.

Guck mich weiter so an
und ich platze
guck mich weiter so an
und ich kratze
guck mich weiter so an
und ich japse
guck mich weiter so an
und ich schnappe,

nach Luft,
du heiße Braut,
du geiles Kraut,

du steile Sau,
du beispiellose Frau,

mach mich high,
mach mich high,
mach mich high,

       Nackt 3 – Höhepunkt und Peripetie
Sexalexa,
mach mich high.

Du, der ich mich verwehre,
du, die sich mir verwehrt
wenn ich sie begehre,
du spielst dein Spiel mit mir
und ich steig und steig nicht durch.

Was denn?
Du fragst mich
und ich bejahe halb,
ich frag dich
und du versiegst so kalt,
du glänzt mit deinen Augen,
ich schreib nur Verse und werd mich niemals trauen,
du weißt genug,
was wirfst du mir Körner hin,
ich denk an Betrug,
will nur an deinen Körper ran,

dran legen, dran liegen,
dann dir schmeicheln,
Alexa.

Lass uns ein bisschen verrückt sein,
ich male dir das untergehende Abendland
in Versform auf den Bauch,
lass uns ein bisschen verrückt sein,

du schenkst mir tausend Küsse,
in einer Nacht,
und ein zwei hundert Nächte dazu,
lass uns ein bisschen verrückt sein,
lass uns ein bisschen nackt sein,
lass uns ein bisschen abgefuckt sein.

Ach kleine Alexa,
liebste, kleine, schöne, kluge Alexa,
rex, regis, regi, regem, rege,
alles möchte ich dir andichten,
du Regina meiner Kopf-Geschichten,
du Sinsemilla in meinen Pop-Gedichten,
du, du,
du bist wohl zum Beischlaf geeignet,
Alexa?!

                Akt 4 – Fallende Handlung
Du, du hast getanzt auf meinem Herzfloor
und ich hab gespannt gespannt,
deine Pfennigabsätze haben elegant
Dellen hinterlassen und dein Gin Tonic
Flecken an meiner Wand.

Weißt du,
du warst die prächtigste Stute
und ich stets nur der Knecht,
ich wechselte deine Hufe,
aber ich war nie dein Hecht.

Und dann, dann wollte ich einfach gehen,
doch dann kamst du mit albernen Problemen,
z. B. dass dir deine neuen Hufe nicht stehen.
Dann sagtest du immer,
es sei ja alles so schlecht –,
ich fragte warum?
Und du sagtest,

dein Haferbrei war dir nicht recht,
und die Sonne stünde verkehrt,
du hättest ohnehin nur Pech,
und niemanden, der dich begehrt.
Da –, krieg ich n Fön,
wenn ich so was hör,
dass ich unsagbar stöhn,
verzogenes Gör.

Denn du,
hast getanzt auf meinem Herzfloor
und danach nicht aufgeräumt.

                    Akt 5 – Katastrophe
Alexa,

damals,

da hätt' ich dir gern den Kopf abgerissen,
deine Beine zersägt und abgeschnitten,
in Magermilchpulver hätte ich dich gerne ertränkt,
dein Haus samt dir mit ner Atombombe versenkt.

Du hast mir –,
mein Herz mit nem Pflock gespalten,
ich hab mir –,
stets Unmündigkeit vorgehalten.

Ich weiß nicht warum,
doch es war klar, dass du's nicht siehst,
wir waren ein Märchen,
du die Schöne und ich das Biest

Und ich weiß,
dass ich dich noch immer gern haben würde,
wäre deine Beschränktheit
eine für mich überwindbare Hürde.

Doch wie ein Stempel prangt es in deinem Gesicht

Messer, Alexa, Gabel, Licht,
sind für kleine Stefans – nicht.

Tritt, Tritt – Skrrdsch

Inmitten Mittellosen,
also minder bemittelt,
schleicht der 3 Käsehoch
raus in den Garten.

Breit getrampelte Pfade
und eingezäunte Grasflächen

erheben sich,

sind dicht bewachsen,
scheinen schön weich,
scheinen wie zum Spielen geeicht.

Schilder wie Marterpfahl
stehen davor
und warnen wie Kriegsbeil.

Doch 3 Käsehoch ist neugierig wie junger Welpe.

TipTap –,
machen die kleinen Füßchen
auf dem darunter liegenden
breitgetretenen Lehmboden.

Er lässt sich fallen in den Wiesengrund,
kullert wie Kugellager
den Abhang
die Böschung hinunter.

Er taumelt träumerisch
wie Hans-guck-in-die-Luft,

er tritt mit dem Fuß auf,
tritt abermals auf mit dem Rechten,

Schritt,
noch ein Schritt,
dann der Tritt,
Tritt
Tritt,
Tritt in die Tretmine.

SKKKRRRDSCH

macht es,
da rafft es den Kindskörper hin,
der Kind'-s-Kopf
sitzt zwar noch zwischen den Schultern,
aber trotzdem fehlt die Hälfte,
vom 3 Käsehoch.

Stefan Dörsing, 1988 in Görlitz geboren, ist ausgebildeter Mechatroniker und macht gerade am Hessenkolleg Wetzlar auf dem Zweiten Bildungsweg sein Abitur. Er hat einen Text im Schulbuch »Deutsch kompetent« (Klett Verlag 2009) veröffentlicht und wurde 2010 mit dem Team Allen Earnstyzz Dritter bei den deutschsprachigen PoetrySlam Meisterschaften 2010 in der Kategorie Team.

Katrin Pitz

Eine gute Woche

Seine Hände sind schnell wie immer. Er zieht Streichholz um Streichholz aus der Schachtel heraus und schnipst sie weg, an der Reibfläche entlang, mit leichtem Drall durch die Luft. Für einen kurzen Moment fliegen sie brennend. Er zielt auf das Spülbecken. Zwei liegen davor auf dem Boden, der Rest kühlt schnell ab in der Wasserpfütze, die nach dem Abwasch im Becken stehen geblieben ist. Er hat bemerkt, dass ich hereingekommen bin. Die Tür steht immer einen Spalt offen und meine Schuhe ziehe ich schon im Flur aus. Ich stehe neben ihm und warte, bis er die leere Schachtel zusammenschiebt. Hallo Caro, sagt er dann.

Zuerst hat er nur eins am Fenster festgeklebt. Er sammelt seine Röntgenbilder, so lange schon, dass ich mich nicht erinnern kann, wann er angefangen hat. Immer wenn ich gefragt habe, ob es nicht besser sei, sie beim Arzt zu lassen, hat er mit den Schultern gezuckt. Ich habe es mir abgewöhnt. Er holt sie heraus aus den braunen Papierumschlägen, die gestapelt unter seinem Bett liegen, wenn draußen das Licht schön ist. Dann dreht er sie vor dem Fenster und schaut, als ob es mehr darauf zu sehen gäbe als Schwarz und Weiß. Es war das, das aufgenommen wurde, nachdem man ihm die Weisheitszähne entfernt hatte. Das hatte er schon immer gemocht.

Mutter hatte es beruhigt, dass beide Kinder in derselben Stadt studieren. Als ich, die Jüngere, ihm nachgezogen bin, ist ihr irgendwo zwischen den Kisten herausgerutscht: Danke, Caro. Da ging es nicht ums Pflegen. Da ging es ums Achten, auf jemanden, der ein paar Marotten hat. Über die kann man schmunzeln, manchmal auch darüber, wie sehr er an ihnen hängt und wie wenig an Menschen. Zumindest wenn man seine Schwester ist, kann man das.

Ich schaue mir an, was hinzugekommen ist. Ein Beinbruch und einmal Verdacht auf Gehirnerschütterung. Ich erinnere mich an die Tage, deren Daten unten am Rand leuchten. Ich erinnere mich, wie wir ihn vom Fußballspiel abgeholt haben, obwohl er schon selbst einen Führerschein im Portemonnaie stecken hatte. Wie er als Junge die Treppe im Haus heruntergefallen ist und Mutter in Hektik das Verbandskästchen über ihm ausgeleert hat, um etwas zu finden, womit sie die Platzwunde am Kopf versorgen konnte. Wie sie dann, als desinfiziert und überklebt war, seinen Kopf in den Händen hielt und sich Sorgen gemacht hat, ob auch drinnen was kaputt gegangen sei. Er hängt nicht chronologisch auf, eher nach einer Ordnung, die in seinen Augen kunstvoll ist. Manchmal verstehe ich nicht viel davon, von den Dingen in seinen Augen. Hallo Caro, sagt er und es riecht nach Weihnachten. Er steht auf, lässt das Schächtelchen liegen. Er kommt neben mich ans Fenster und zeigt auf das erste Bild, das hing. Schau mal, sagt er und ich weiß nicht genau wohin. Schau mal, sagt er, man sieht noch die Plätze der Zahnwurzeln. Die waren schon gar nicht mehr da und man sieht sie doch noch wie Schatten.

Er steht bei mir im Kalender, mit Kugelschreiber notiert, mit Textmarker hervorgehoben, darunter in Klammern, was ich zu essen mitbringen werde. Zweimal die Woche steht er da, egal, was sonst da steht. Es ist bloß die übernächste Station mit der Straßenbahn. Ich kann bei mir kochen und es ist bei ihm noch warm. Ich gebe mir Mühe, es nicht aussehen zu lassen, als würde ich einen alten Menschen mit Essen beliefern. Ich falte Servietten und nehme bunte Frischhalteboxen zum Transportieren.

Mutter würde sich aufregen, über die Sache mit den Streichhölzern. Doch ich lasse ihm sein Ritual, erzähle ihr nichts davon. Ich stehe in Socken und warte auf das letzte Hölzchen, ohne dass mir das Warten etwas ausmachen würde. Er tut nur Dinge, die ihm wichtig sind. Er zündet die Hölzchen an, als sei es alles, was ihn beruhige nach dem Tag, als sei es alles, was die kleinen, schmerzhaften Gedanken aus der Luft brennen könne. Er tut es mit so viel Geduld und Genauigkeit, als könne er nicht bloß sich selbst damit helfen.

Es kommt Reihe um Reihe dazu. Draußen ist es hell und drinnen wird es dunkler. Es geht jetzt ganz schnell und an den Rändern stehen neue Tage. Jetzt hängt er eine Geschichte am Fenster auf, die mehr erzählt als Erinnerungen an Tage, die man irgendwann in der Jugend beim Arzt verbrachte. Er braucht nicht mal aufzustehen und zu erklären. Ich stehe vor den Bildern, schaue halb sie an und halb, aus den Augenwinkeln, seinen Kopf, den er gegen die Wand lehnt, während er die Streichhölzer Richtung Spülbecken schnipst. Ich weiß, ich sehe dasselbe. Kurz schaue ich zu dem Bild vom Tag des Treppensturzes. Da war nichts drauf. Auf den neuen schon. Jetzt möchte ich wieder fragen, ob die Bilder nicht besser zum Arzt gehören und er gleich mit, ob das schon fertig behandelt sei, ob das überhaupt in Behandlung sei. Doch ich habe es mir abgewöhnt, das Fragen. Hallo Caro, sagt er und nimmt die letzten Gedanken ans Fragen weg. Er sitzt auf dem Boden. Als er sich mit den Händen abstützt, um aufzustehen, liegt sein kleiner Finger auf meiner Socke. Ich ziehe den Fuß nicht weg.

Eine gute Woche noch, hat Mutter gesagt. Arbeit und Termine und solche Worte. Ich habe aufgelegt, ohne mich zu verabschieden. Vorher habe ich kurz mit der Zeitung geraschelt. Später werde ich sagen, die Verbindung sei schlecht gewesen.

Mutter wird dich besuchen kommen, sage ich, als er die Schachtel zusammenschiebt. Ich schaue in seinem Schrank nach, ob er einen dritten Teller hat. Wir können zusammen essen, sage ich dann. Doch es dauert noch ein bisschen, erst mal nur wir zwei. Er steht auf und ich tue, als habe ich nicht gesehen, dass ihm der Arm dabei kurz weggeknickt ist. Wir decken den Tisch und essen.

Eine gute Woche noch, hat Mutter gesagt, doch keine Rede kann sein von gut. Ich komme jetzt täglich. Am Fenster verändert sich nichts mehr. Anfangs dachte ich, dass sei gut. Er braucht jetzt zwei Schachteln am Tag. Es dauert immer länger und das nicht bloß, weil es zwei geworden sind. Doch es macht mir nichts aus, das Warten. Ich setze mich neben ihn auf den Boden und warte, bis er die zweite Schachtel zusammenschiebt. Währenddessen denke ich: So schnell darf das nicht gehen. Ich weiß, vom Fernsehen und vom Hören, dass man wenigstens ein paar Monate hat. So schnell darf man nicht langsam werden, selbst wenn der Kopf schuld ist. Dann, wenn ich zu lange solche Dinge denke, schubst er mich leicht an mit dem Ellenbogen. Mit einem Nicken deutet er auf ein fliegendes Streichholz. Ich schaffe es, ihm zuzusehen, bis es landet. Dann sehe ich wieder die durchgebrochenen, die zwischen uns auf dem Boden liegen.

Als ich komme, will ich im Flur die Schuhe ausziehen. Und wie ich da stehe, einen Schuh schon in der Hand, sehe ich, dass die Tür zu ist. Eine gute Woche noch, hatte Mutter gesagt und eigentlich sich selbst gemeint.

Katrin Pitz, 1989 in Marburg-Wehrda geboren, studiert Maschinenbau in Darmstadt. Bisherige Veröffentlichungen in folgenden Anthologien: »Hinter der Stirn« und »Während du wegsiehst« (Treffen Junger Autoren 2004 und 2008), »Seltsam?« und »Gegenüber« (Jugendliteraturwerkstatt Graz 2006 und 2007), »Destillate« (Literaturlabor Wolfenbüttel 2007) sowie »Nagelprobe 23« bis »Nagelprobe 27« (2006–2010).

Dilan Karatas

Gedichte

Ferne pt. 1

Wir teilen uns Gedanken und diese Stadt
Doch sind uns so unentschieden und fern
Zwischen unserer Haut stehen Mietshäuser
Stundenlang laufen wir zwischen ihnen umher
Wir finden uns nicht, sehen nur kalten Rauch
Man soll doch schreien wenn man was braucht
Du wolltest doch nach mir schreien, ich nach dir
Ich bin aber stumm und du nicht bei mir
Ohne einander finden wir keinen Sommer
Nur die Ewigkeit hinter deinem Gepäckträger

Ferne pt. 2

Und irgendwann wird es dann Herbst
Deine Blicke werden vom Wind weggewirbelt
Meine Gedanken werden vom Laub gefangen
Ich werde beim Komposthaufen warten
Auf dem Nerv der Zeit verweilen sozusagen
Es fällt kein Schnee hier, nur Staub in meinem Magen
Es wird dunkel, Lichter leuchten wie sie es tun müssen
Ich will alles schlafen sehen, nicht mehr warten
Ich will alles ineinander verfallen sehen
Denn dieser Stadt zu lauschen ist wie Tiefseetauchen

Dilan Karatas, 1994 in Frankfurt am Main geboren, wohnt in Offenbach am Main und besucht dort die Leibnizschule.

Manon Henne

Der Besuch

Bennett war gerade damit fertig geworden, die Karteikarten auf dem Fußboden anzuordnen, als es klingelte. Er fuhr zusammen. Sein Werk befand sich in einer empfindlichen Phase, *ein* scharfkantige Geräusch konnte das Gewebe tödlich verletzten. Es klingelte erneut.

Aufmachen, sagte er sich, ist das Schlimmste was man da tun kann. Er hatte zu genüge erfahren, wie leicht er fremden Einflüssen unterlag. Gerade hatte er den Ton, die Harmonien gefunden. Er durfte jetzt nicht aufhören, sonst würde später nichts mehr einen Sinn ergeben. Doch das Klingeln hielt an und verhakte sich in seinem Kopf. Mit einem Knurren sprang er auf und lief in den Flur, der nur von dem Licht, das durch das blaue Glas in der Tür fiel, erhellt wurde, in diesem Moment weniger als sonst, da der Besucher seinen Schatten auf den Boden warf.

»Hallo?«, rief eine Frauenstimme, »Bennett, du alter Trottel! Wenn du nicht sofort aufmachst …!«

Er schlich im Gang hin und her, dann öffnete er die Tür und die Frau drängte sich an ihm vorbei.

»Du!«, sagte Bennett. Während Bella ein paar Schritte in die Wohnung hinein machte und sich mit gerunzelter Stirn nach ihm umsah, erinnerte er sich an den Geschmack von Zitroneneis und an Mutproben, in die Brennnesseln involviert gewesen waren. Bella schien ihm etwas abgenutzt, aber durchaus noch brauchbar. Er schloss die Tür, einen Moment lang herrschte Stille.

Dann brach sie in Tränen aus: Sie sei beim Arzt gewesen. Man habe, schluchzte sie, ein Gerinnsel in ihrem Kopf gefunden, welches die Ursache für ihre Schmerzen sei und jederzeit, so drückte sie sich aus, platzen könne und ihr Gehirn verbluten, was zu ihrem sofortigen Tode führen würde. An dieser Stelle bedeckte sie das Gesicht mir den Händen und Bennet, der zuletzt kaum zugehört hatte, überlegte ob es wohl so was wie Gedankengerinnsel geben könne, denn wenn es derartiges gäbe, dann hatte genau das in den letzten Wochen in seinem Kopf zuhauf stattgefunden, dessen war er sich sicher. Nicht auszudenken, welch Genialität nun für immer verloren, vertrocknet in seinem Hirn hing.

Währenddessen war Bella, die seine Teilnahmslosigkeit als Betroffenheit missverstand, ins Schlafzimmer gegangen, weiterhin jammernd, doch es war still geworden. Als nun Bennett ihr folgte, stand sie in der Mitte des Zimmers. Der Absatz ihres Schuhs befand sich zu seiner Empörung auf einer Karteikarte, die im nächsten Moment, als sie einen Schritt machte, aufgewirbelt wurde und aus dem System fiel. Sie lag nun auf der Rückseite wie ein gefallener Stern, und Bennetens Herz krampfte sich zusammen. Das Wort auf dieser Karte war der Kern seiner Theorie. Das Ausmaß dieser Katastrophe wurde ihm erst später bewusst.

Bella starrte auf das Messer, das in einem Gemälde mit nebelverschleierten Linden steckte. Die Fenster waren zerschlagen. Bennett hatte Decken und Kissen aufgeschnitten und die Federn zu Demonstrationszwecken verwendet. Sie hingen an den halb runter gerissenen Vorhängen. Als sie sich zu umwandte, schloss er die Tür, drehte den Schlüssel um und steckte ihn ein. Es zeugte von einer beunruhigenden Kenntnis seines Wesens, als sie fragte: »Willst du es mir erklären?«

Er runzelte die Stirn. »Nun, meine Liebe«, sagte er, »es ist kompliziert …«

»Das habe ich mir fast gedacht«, erwiderte Bella. Ihre Kopfschmerzen waren schlimmer denn je, aber sie fühlte sich sehr ruhig.

Bennett winkte sie zu sich.

»Ich plane einen Fluchtversuch.«

»Was?«

Bennett nickte, seine Augen weiteten sich.

»Es ist alles vorbereitet. Nur noch der letzte Schliff.«

»Wir sollten erst mal eine Tasse Kaffe trinken«, sagte Bella.

Das leuchtete ihm ein, er ging zur Tür, rüttelte daran und blickte, als sie nicht aufging, panisch um sich, als erwarte er einen Eindringling zu sehen, welchen er sah – in Form einer

Taube auf der Balkonrüstung – und sogleich zum Fenster stürzend vertrieb. »Dämonen«, sagte er nur auf ihren fragenden Blick und zog den Schlüssel aus der Hosentasche. Bella behielt ihn im Auge. Ihr entging nicht wie er beim Öffnen der Tür die Lippen bewegte, als bedürfe es eines Zauberspruchs. Auf dem Weg zur Küche sagte er: »Weißt du, ich gelangte unlängst zu der Überzeugung, dass die Existenz meiner Person in Kombination mit der Existenz der aktuellen uns bekannten Welt, also der Welt, die sich durch die kollektive Er- und Auffassung, Wahrnehmung, etc. der heute lebenden Menschen definiert, also der ganze Mist, die Häuser, die Städte, Gesellschaften, Autobahnen und Namen, Namen, Gesetze und Normen, die Zeitzählung, die Bibliotheken, die Tische, Gardinen, auch Vögel, besonders Vögel im sogenannten Himmel, dass das alles in Kombination mit meiner Person keine so gute Idee ist, das heißt keine so gute Kombination, damit ich mich klar ausdrücke.« Er sah mit gerunzelter Stirn nach ihr um, sich der Schlüssigkeit seiner Gedankengänge nicht mehr ganz sicher. Worte schienen sich Bennett, sobald ausgesprochen, in belastendes Material zu verwandeln, das den Sinn zu Boden zerrte. Doch was hatte er schon zu verlieren?

»Was hast du nun vor?«, fragte Bella.

»Weißt du, es gibt einen Ort. Wenn ich bloß den Eingang ... Aber es ist hoffnungslos. Ich habe bereits ein dreiviertel Leben mit der Suche verbracht. Es ist fraglos leichter, sich in eine unzureichende Situation zu fügen, zu vergessen was man war unter den Ablagerungen ... Die seelische Welt wird vergast«, sagte er, während er Wasser aufsetzte.

Bella hatte sich an den Tisch gesetzt. Die Küche war sauber. Dosen reihten sich in den Regalen. Einige waren in verknotete Plastiktüten gepackt. Manchmal wenn es zu lange still war und seine Gedanken ins Stocken gerieten, wenn er meinte, es müsse nun regnen, denn das Geräusch des Regens hielt er für heilend, für unabkömmlich, wenn dann nichts geschah, konnte er hören, wie Gas entwich, und er gab nicht auf, bis er das Leck gefunden und desinfiziert hatte.

»Was man braucht«, sagte Bennett, »um nicht befallen zu werden von der Lähmung, ist eine dicke Haut, Hornhaut von oben bis unten und diese bekommt man nur durch Verletzungen. Zahlreiche, wohlüberlegte Verletzungen.«

Zur selben Zeit lag noch immer die Karte, auf die Bella getreten war mit dem Gesicht nach unten im Schlafzimmer. Das Wort, das darauf geschrieben war, bekam kaum Luft. Auf der Balkonrüstung saßen Tauben. Etwas rührte sich, vielleicht durch einen Windstoß und Karte hob und drehte sich.

Jedes Mal, wenn Bennett eine Tür öffnete, meinte er dahinter die Stille riesiger Säle zu hören. Und manchmal, wie jetzt, überfiel sie ihn und zog den Kopf ein und redete sich Mut zu: »Es gibt ein anderes Irgendwo, es gibt eine Stelle, an der die Gleichung aufgeht, einen Punkt, der in jede Richtung Tiefe hat. Der wandert und schwebt und treibt und fällt. Man will ihn suchen, aber niemand bricht auf. Es reicht die Vorstellung davon. Die Vorstellung vom Aufbrechen –«

Bellas Stimme unterbrach ihn. Sie stand plötzlich vor ihm und legte die Hände auf seine Schultern. »Du musst jetzt damit aufhören, Liebling«, sagte sie und holte tief Luft, »es ist meine Schuld, ich hätte dich nicht solange allein lassen sollen. Aber jetzt wird alles gut. Ich … ich werde im Krankenhaus anrufen, du wirst sehen.«

Es spielte keine Rolle mehr, was sie sagte. Bennett begriff. Mit einem Schrei stürzte er sich auf sie und packte ihre Kehle. Während er zudrückte, ihre Arme mit den Knien am Boden haltend, machte sie kein Geräusch, was Bennett ungemein enttäuschte. Als sie sich nicht mehr rührte, legte er sie auf den Tisch und fand, sie sehe, obwohl ihr Kopf über die Tischkante nach hinten fiel, sehr schön aus.

Manon Henne, 1988 in Heidelberg geboren, studiert Anglophone Studies in Marburg und ist Mitglied der Hanauer Schreibwerkstatt.

Weitere Preistexte

Melanie Schneider

Der 85. Geburtstag

Familienfeiern sind doch immer wieder schön. Man weiß nie, was einen erwartet. Monotonie? Wo denken Sie hin!
Wir sind jedes Mal sechs Personen, Oma Ilse, Opa Helmut, Tante Paula, meine Eltern und Ich. Das reicht fürs Erste und sorgt für Abwechslung.
Heute war es wieder besonders unterhaltsam. Wir sitzen alle versammelt um den üppig gedeckten Kaffeetisch und begehen Opas 85. Geburtstag. Ein stattliches Alter, in dem man sich, wie man glauben sollte, auch mal den ein oder anderen Fauxpas leisten dürfte. Nichts da! Jede Bemerkung Opa Helmuts wird von Oma Ilse sofort kommentiert, wenn nicht mit einem beißenden Kommentar, so doch wenigstens mit einem Augenrollen, verschwörerischen Blicken zu Tochter Barbara oder einem schnaubenden »Helmut! Nu is aber gut!«
Das Gespräch während des Kuchenessens nimmt seinen Gang. Auffällig ist hierbei, dass es größtenteils durch die drei Frauen der Familie geführt wird. Ich spiele meist die Rolle des stillen Beobachters, wobei mein Vater mir aber mehr und mehr eine Konkurrenz zu werden scheint.

Ilse: »Nimm dir noch von der Früchtetorte, Paula!«
Barbara: »Ja, die schmeckt wirklich sehr gut.«
Paula: »Aaaaaaaaaach, nein, ich hatte schon davon, danke!«
Barbara: »Die ist wirklich gut!«
Ilse: »Na los, nimm nur noch ein Stückchen!«
Paula: »Na guuut, aber nur ein kleines, das da, ja, das kleine!«
Ilse: »Helmut, gib ihr doch mal …!«
Paula: »Danke, ja, aber neiiin, das ist doch wieder so groß! Ach …«
Ilse: »Naja.«
Barbara: »Also, die ist wirklich lecker die Torte!«

Es folgt nun eine ausführliche Erläuterung über die Herkunft der Torte. Man ist sich schlussendlich darüber im Klaren, dass die Tiefkühlkost aus dem »kleinen Laden« direkt vor der Tür an Qualität den Torten der Konditorei um die Ecke gleichkommt. Der ist ja aber auch wirklich praktisch, dieser Laden direkt vor der Tür.

Barbara: »Da habt ihr es wirklich nicht weit.«
Ilse: »Ja.«
Barbara: »Und der Kuchen ist sehr lecker.«
Ilse: »Ja. Den hab ich schon lange im Tiefkühlschrank, den haben sie nicht immer. Nein. Die haben nämlich nicht immer dasselbe Sortiment dort.«
Paula: »Das stimmt.«
Ilse: »Die haben oft nämlich andere Sorten, ja, und da muss man dann immer genau gucken, welche Sorte man will, und wenn sie die dann mal haben, dann muss sie man sie gleich holen, stimmts, Helmut?«
Helmut: »Ja.«
Barbara: »Aber der ist doch sehr lecker hier, der Kuchen! Da braucht ihr doch keine andere Sorte! Das ist doch gut so. Also, schmeckt wirklich gut, das muss ich jetzt hier mal sagen. Hast du gut gekauft, Mami.«
Ilse: »Helmut hat's gekauft. Ich kann doch nicht mehr so einkaufen gehen. Das schaffe ich einfach nicht mehr.«

Allgemeines betretenes Schweigen ob des bedenklichen Gesundheitszustandes von Oma Ilse.

Helmut: »Und ihr wart also in Regensburg in der Walhalla, Robert?«
Robert: »Hmm.«
Barbara: »Ja, da waren wir!«

Das hat Erinnerungen in Opa Helmut wachgerufen. Er erzählt nun von seinen letzten Wochen als Soldat im Zweiten Weltkrieg und zeigt sich dabei sehr erschüttert von den Bildern, die wieder in ihm aufsteigen.

Helmut: »Tja, und dann kamen die Amis und wir ...«
Ilse: »Paula, gib mir mal den Teller!«

Ba	»Der Kuchen hat mir wirklich sehr gut geschmeckt!«
Helmut:	» ... wir mussten dann in die Kriegsgefangenschaft dort.«
Ilse:	»Den dahinten auch. Ja, danke. Und die Tasse. Halt, nein, möchte noch jemand Kaffee? Helmut, schenk doch mal Kaffee nach!«
Helmut:	»Hm?«
Ilse:	»Robert, noch Kaffee?«
Robert:	»Ja, danke, ich nehme noch einen Schluck ...«
Barbara:	»Wollen wir jetzt nicht mal anstoßen?«
Helmut:	»Und dort mussten wir dann alles erzählen über uns. Wo wir herkamen, was wir gemacht haben im Krieg, politische Einstellung.«

Paula und Ilse verlassen derweil gestikulierend das Zimmer. Man hört, wie sie sich aus der Küche um den Abwasch streiten.

Barbara:	»Mami, lass doch, den Abwasch kann ich doch auch ...!«
Helmut:	»Und ich hatte nur ein *knife*. Nur ein *knife*. Das musste ich dann abgeben.«

Paula und Ilse kehren aus der Küche mit dem Beschluss zurück, den Abwasch später zu erledigen.

Barbara:	»Den Abwasch hätte ich doch auch ...«
Ilse:	»Ach, nein, ist gut jetzt, das mache ich später.«
Helmut:	»Aber ich muss wirklich sagen, die haben sich anständig benommen, die Amis, wir haben genug zu Essen bekommen. Und überhaupt, dort waren es ja nur drei Wochen.«
Barbara:	»Aber jetzt können wir doch mal anstoßen!«
Helmut:	»Also im Lager.«
Ilse:	»Robert, kannst du mal die Flasche aufmachen?«

Robert entkorkt den Sekt, Marke Rotkäppchen. Es wird eingeschenkt. Dabei kann Barbara wieder nicht genug bekommen, wobei Oma Ilse darauf besteht, dass ihr Glas nur zur Hälfte gefüllt wird, damit ihr später umso schneller wieder nachgeschenkt werden kann.

Barbara:	»Na dann, Prost, ihr Lieben!«
Robert:	»Jetzt warte doch mal, bis alle was haben.«
Barbara:	»Oh, oh, entschuldigt!«
Helmut:	»Tja, und dann, mit dem Lkw, so kamen wir dann aus dem Lager nach Hause.«
Ilse:	»Wer kam nach Hause?«
Helmut:	»Na wir, meine Kompanie und ich, wir wurden von den Amis bis nach Hause gefahren. Und da waren dann die Wiese und der Vater. Und das war mein Ende vom Zweiten Weltkrieg.«

Opa Helmut zieht sein Taschentuch aus der Hose, um sich die aufsteigenden Tränen aus den Augen zu wischen.

Ilse:	»Den Sekt hab ich extra schon gestern kaltgestellt.«
Barbara:	»Na, dann auf dein Wohl, Papi!«

Melanie Schneider, 1987 in Halle (Saale) geboren, studierte an der Martin-Luther-Universität Halle-Wittenberg auf Lehramt für Grundschule. Das Wintersemester 2007/08 verbrachte sie in Córdoba, wo sie neben einem Spanischsprachkurs auch ein zweimonatiges Praktikum in der Primarstufe einer staatlichen Schule absolvierte. Es folgten weitere Auslandsaufenthalte sowie die Referendariatsstelle an der Staatlichen Grundschule Am Rautal in Jena.

Fabian Sandelmann

Woher das Schimpfwort Pissbudenlui kommt
Oder
Wie der Abort nach Deutschland kam

Ludwig der Erste, König von Bayern,
musste mal nach langem Feiern,
denn wie die Ursach' so die Wirkung,
flüssig gab er die Bewirtung
der Natur, von der sie kam
nur merkte er ganz voller Scham
in seinem Büschchen fern der Tänze
kackte auch der Leo Klenze.
Dem Architekten war es peinlich,
denn es war so gar nicht reinlich,
wie er sich mit Gras und Busch
seinen feinen Arsch abwusch.
Dem König war das nicht geheuer,
rief Tags darauf ihn ins Gemäuer:
Ich weiß, sie sind vor allem tätig
im Bereiche der Ästhetik
lieben auch das Klassische
ehren so das Griechische
und gestern sah ich überdies,
was uns noch enger werden ließ.
Gestern Klenze sah ich Dich
Den Garten nutzen, so wie ich!
Doch wenn mir ein Frauenzimmer
begegnet wär' im Mondesschimmer
und wie du geschissen hätt' –
Ich fände keinen Schlaf im Bett.
Drum bauen sie doch einen Ort
einen schönen kleinen Hort,
an dem ich als privater Mann
mein Geschäft verrichten kann.
Leo Klenze wusst' nicht wie
doch hörte er fern aus Paris

dort hätten sie es schon erfunden,
so fuhr er hin es zu erkunden.
Er war gespannt es zu probieren
und darauf recht zu studieren.
Begeistert rief er als er sah,
dass es auch beweglich war:
Einen Abtritt will ich rufen,
was die Franzosen hier erschufen!
Ludwig konnte's kaum erwarten–
Endlich ein Abort in seinem Garten.
Man sah ihn in die Blumen sinken,
die zum ersten Mal nicht stinken.
So froh ob dieser neuen Technik
drückt er Klenze fest und heftig:
Sie bauen noch mehr von diesen Abtritten
in jeden Palast in Häusern und Hütten!
So kam, wie es der Zufall wand
der Abort auch ins deutsche Land.
Nur Ludwig einst so liberal,
wandelte sein Ideal.
Darauf verkannte man den König.
Man achtete zu Recht ihn wenig.
Der Monarch durch Klos bekannt,
wurde schließlich umbenannt.
So hieß von nun an, ach so pfui
der König eben: Pissbudenlui.

Fabian Sandelmann, 1987 in Dinslaken geboren, studiert Kunstgeschichte und Philosophie an der Philipps-Universität in Marburg.

Veronika Schneider

Für Elise

Für Elise
Wieder! Wieder!
Falsch
Stolpertöne
Fließe! Fließe!
Falsch
Spielt seit Stunden
Wieder! Wieder!
Falsch
Für Elise
Fließe! Fließe!
Falsch
Jedes Mal
Wieder! Wieder!
Liebe Lise,
Fließe! Fließe!
Falsch

Kann's seit Tagen
kaum ertragen.
Wird nicht besser
mit der Zeit.
Wahnsinn kommt
und Wahnsinn geht.
»Für Elise« bleibt

Veronika Schneider, 1988 in Roth (Mittelfranken) geboren, macht seit 2008 eine Ausbildung zur Goldschmiedin an der Staatlichen Zeichenakademie Hanau-Steinheim, die sie im Januar 2012 beenden wird.

Markus Sehl

Streusalz

Als der Wind auf der Julius Leber Brücke mich trifft, schlittere ich über den schon funkelnden Asphalt, halte mich vom vereisten Geländer fern, bis ich drüben bin.

Ich gehe mit Emil ins Kino, den ich eigentlich gar nicht kenne. Wir gehen, weil eine Freundin von uns ihm meine Nummer gegeben hat. Er habe etwas vor, und sie freue sich, dass er mich ausgesucht hat.

Ich gehe mit Emil ins Kino, weil mir sein Name so gut gefällt. Hier ist Emil, sagt er, und betont es so, dass es wie eine Losung klingt. Er entscheidet, wir gehen alleine, nur wir beide, weil er die Kartenverkäuferin wieder sehen muss, sie fragen will, warum sie nicht seine Nummer gewählt hat, die er ihr vor dem Wochenende zugesteckt hatte, aufgeklebt auf einer Zigarettenschachtel. *Das ist kein Ersatz für deine Zigaretten, die wir aufgeraucht haben, vom Anfang bis zum Ende, sondern die unaufdringlichste Form einer Übergabe*, hat er mit Schreibmaschine getippt. Jetzt ist es eine Woche später, die Erinnerung an isländische Lieblingsfilme, von denen beide abwechselnd Titel oder Regisseur vergessen haben und überhaupt Islandgespräche, während sie die Hände an die warme Popcornmaschine pressen, scheinen ihm gar nicht mehr so echt, sagte er am Telefon. Er möchte deshalb sich versichern gehen, nachschauen, ob sie noch da ist. Sie, die ihm unverschämt selbstverständlich zu wenig Rückgeld gab, mit Islandhänden, die sie unter zu langen Wollpulloverarmen versteckt, die sie nicht zeigen muss, wenn sie es nicht will, die man nur sehen kann, wenn sie eine Kinokarte über die Kasse reicht, man macht keine Geschäfte mit ihr, man überfordert sie damit. Am besten lässt man sie in Ruhe, hinter den grünen Flaschen und raschelnden Papiertüten hätte sie stehen können und ratlos schön ins Foyer geschaut.

Alleine will er nicht gehen, aber es sei gut, dass wir uns kaum kennen. Wir sind eine Nullhypothese, sagt Emil, wir haben eine Nichtbeziehung. Das gehöre zum Versuchsaufbau.

Ich bin eine Bushaltestelle zu früh ausgestiegen und komme verspätet herein, mich vom Schal befreiend, ungeschickt, knirschen ein paar Plastikfoyerstühle über den Boden, zum ersten Mal verschlepptes Streusalz dieses Jahr, denke ich. In der Ecke steht Emil – und neben ihm ein Mädchen, einen dunkelbraunen Zopf, hoch am Kopf getragen, sie macht einen kleinen Knicks, der auch zwischen den lauten Studenten und ihren Kinotagsgesichtern nicht unpassend ist. Sie hat Glitzerstaub im Gesicht, nur ein wenig zu viel, um Zufall zu sein. Das sieht man, einfach so, lächelt sie mich freundlich an. Ich bin verwirrt und suche sie nach Island ab, dann wird klar, es ist eine Freundin von Emil, die doch irgendwie mitgekommen ist, weil es jetzt auch egal ist, Emil seine Versuchsanordnung über Bord geworfen hat, wir jetzt doch einfach zu dritt sind. Sie ist erst seit ein paar Monaten zurück aus Shanghai und schaut nur mich an, wenn sie über uns drei spricht. Wir unterhalten uns lange über Filme, von denen wir nur die Trailer kennen, sie strahlt mich die ganze Zeit an und ich denke mir, dass ich versuchen sollte, damit schon zufrieden zu sein. Emil ist noch Bier holen, als wir reingehen, bleibt sie im Dunkeln vor mir stehen. Sie flüstert mir ins Ohr, obwohl die Leinwand noch leer ist.

Wir unterhalten uns in einer Bar weiter. Ich habe jetzt auch Glitzer auf meinem Pullover. Emil hat nach dem Film nur noch kurz an der Kinokasse gestanden. Er sitzt sehr aufrecht und denkt nach über die wenigen Worte, die sie gesagt hat, und die nichts mehr mit Island zu tun haben. Er zieht sich aus unserem Gespräch zurück, überlässt uns das Feld. Sie macht sich Sorgen, weil sie in der Eile ihr Fahrrad vorhin in Steglitz an das Gittertor eines Betriebshofs geschlossen hat, von dem sie nicht weiß, ob es nicht vielleicht bald geöffnet werden muss, weil es schon ziemlich spät oder schon sehr früh sei und vielleicht schon Betrieb und ihr Fahrrad dann im Weg. Ich will, dass sie nicht so aufgeregt sprechen muss, und sage, dass ich es mag, wenn ich irgendwo etwas in die Stadt stellen kann, und mich freue, dass damit etwas passiert, jemand darüber stolpert, es anmalt oder hastig aufisst.

Ein indischer Kellner unterbricht uns und trägt eine rosafarbene Krawatte. Er spricht unsere Cocktailnamen sehr gut aus. Ich trinke viel zu schnell und konzentriere mich darauf, ihr keinen Rauch ins Gesicht zu pusten und darauf, dass ihrer Meinung nach die Kulturrevolution noch nicht beendet ist. Dann sind wir wieder draußen und Emil steigt irgendwann in den Bus, wir stehen beide noch an der Haltstelle herum. Ich frage, ob ich noch mit ihr auf den Bus warten soll. Acht Minuten. Vielen Dank, sie habe Lesestoff, mach dich mal auf den Nachhauseweg, sagt sie.

Als der Wind auf der Julius Leber Brücke mich trifft, schlittere ich über den schon funkelnden Asphalt, halte mich vom vereisten Geländer fern, bis ich drüben bin, verliere ich bunten Glitzerstaub.

Mein letzter Bus ist verpasst, in der Haltestelle liegt eine explodierte McDonald's-Tüte. Ein Mann winkt hinter einer Scheibe, auf die Fernsehbilder flackern. Er winkt noch mal, ich bin nicht gemeint und laufe bis zur U-Bahnstation Kleistpark.

Eine alte Frau in Hausschuhen macht sich auf dem Bahnsteig Sorgen. Sie ist schon im Bett gewesen und hat auf ihren Mann gewartet, der eigentlich nichts mehr trinken darf, der schon zwei Herzinfarkte ausgestanden hat und heute mit guten Bekannten ein Vereinsjubiläum feiern wollte. Um den Hals trägt sie noch ihre Lesebrille über der Steppjacke. Sie klopft mit beiden Händen auf ihre dicke Jacke und sagt, darunter habe sie ihren Bettrock an, schlafwarm, und dass ihr Mann früher einmal ein bekannter Mittelstürmer war. Zuhause hängen die Mannschaftsfotos an der Tapete im Wohnzimmer und über der Türklinke die langen Bänder mit seinen Medaillen. Die habe sie sich angesehen, als sie nicht schlafen konnte, und musste ihm entgegenlaufen.

Die Bahn fährt dröhnend ein und ich will am liebsten

sehen, wie ein Mann, leicht gebückt, vielleicht mit einer beigen Windjacke für kalte Sportplatztage, eine kleine Ledertasche am Handgelenk, aussteigt, der mal der beste Mittelstürmer in irgendeiner Landesliga war, sie sich umarmen oder auch nur heiser anschreien, dass es diesen Mann gibt, damit diese Frau nicht bloß eine Verrückte ist, sondern auch vielleicht unter ihrer Steppjacke einen Schlafanzug anhat und auf jemanden wartet.

Ich sitze noch nicht richtig auf dem Polstersitz und drücke schon mein Gesicht an die kalte Scheibe, um den Bahnsteig im Blick zu haben. Ein Kapuzentyp schiebt sein Fahrrad aus der Tür, sonst ist draußen erst mal niemand zu sehen. Der Lautsprecher knackt, *Zug nach Rudow*, eine junge Punkerin steigt aus, trägt ihren Hund zum Treppenaufgang, *bitte zurückbleiben*, die alte Frau läuft draußen hin und her, setzt ihre Brille auf und wieder ab, die Tür zuckt schon, das rote Licht blinkt, die Blicke der Frau fliegen von rechts nach links, mit einem Knall rastet die Tür ein. Die Bahn fährt an, und ich sehe noch weiter hinten in der Krümmung der Wagen sich eine letzte Gestalt ablösen.

Als der Wind auf der Julius Leber Brücke mich trifft, schlittere ich über den schon funkelnden Asphalt, halte mich vom vereisten Geländer fern, bis ich drüben bin, vielleicht heißt Emil gar nicht Emil.

Markus Sehl, 1986 in Darmstadt geboren, studiert seit 2007 Rechtswissenschaft. Veröffentlichungen in der Anthologie »Ganz nah gegenüber« (2007), in »Nagelprobe 24« (2007), in »Nagelprobe 25« (2008), »L. Der Literaturbote« (Nr. 88, Nr. 97/98, Nr. 99/100). 2006 Bundespreisträger »Treffen Junger Autoren«.

Michael Friedrich

Gedichte

polaroid

das nördliche: meist südlicher
leicht süßlichschwer von wein
aus feisten trauben, an die ich
wirklich glauben kann, wenn
spätsommerlich die abende fast
jambisch hügelabwärts gehen –
ein polaroid, das mitten in der
welt sitzt und sagt: *du bist hier*
dann kurzer blick
aufs handgelenk
november

enjambement

wie oft habe
ich es versucht
mit zitternder hand, darin
ein frischer stift, die
großen romane im
hinterkopf, die zeitungen
von gestern und
dazwischen gespräche
an tischen, auf denen
kerzen stehen
abends
im schein
es einfach zu
verbinden
zusammen
hang
die zeile ist nicht das einzig brüchige hier

Michael Friedrich, 1986 in Lutherstadt Eisleben geboren, studiert Literaturwissenschaft in Erfurt. Veröffentlichungen im Erfurter Literaturjournal »wortwuchs« und dem »hEFt«; zweiter Platz beim EobanusHessus-Wettbewerb (2010) und Aufnahme dreier Gedichte in die Anthologie »Flight Club« (http://hessus.eburg.de/).

Alicia-Eva Rost

Freitag, der siebenundzwanzigste August

Ich lernte ihn kennen, weil ich ihm vor die Füße fiel. Das war nicht halb so romantisch, wie es klingt. Hauptsächlich schmerzhaft. Ich stolperte im Gehen über meine eigenen Füße und fiel der Länge nach auf das Kopfsteinpflaster. Es war schon spät, dunkel, aber noch warm, fast schwül. Etwa zwei Stunden zuvor hatte es heftig gewittert. Ich war auf halbem Weg vom See nach Hause plitschnass geworden. Die Sommerhitze war aber sofort zurückgekehrt und hielt sich in der Nacht. Nur der Boden auf dem ich lag, das Kopfsteinpflaster hier im Innenhof, erinnerte an den Wolkenbruch. Die ungleichmäßigen Steine schimmerten matt von Feuchtigkeit.

Schmerz, an Knien und Handflächen. Ein leiser Schmerz, gedämpft, entfernt, so als wäre er nicht Teil von mir. Bier und Apfelwein hatten zart ihr samstägliches Netz der Ignoranz um mein Gehirn gesponnen. Unmittelbar vor mir, nahm ich kurz darauf Blau wahr. Zwei neonblaue Vans, gute dreißig Zentimeter vor meiner Nasenspitze, strahlten sie förmlich im matten Zwielicht. Mein Blick kroch ohne große Intention oder Neugier die zu den Schuhen gehörigen Beine hoch, über schmal geschnittene graue Jeans, ein T-Shirt mit dekorativem Druckmotiv, wirre blonde Haare, blaue Augen, in einem Gesicht mit schiefer Nase.

Das Gesicht sah mitsamt blauen Augen und schiefer Nase zu mir hinunter und grinste. Es war so ein Grinsen, dem man ansieht, dass es sich der Inhaber einfach nicht verkneifen kann. Es sprach Bände, war vollgesogen mit spöttischen Unterton, mit Mutmaßungen über mich, über das Verhältnis von Alkohol zu Blut in meinen Adern.

Immer noch so grinsend, steckte er mir eine Hand entgegen während er in der anderen Hand eine Bierflasche hielt. Er sah aus wie eine merkwürdige Waage, unproportional beladen und zum Kippen verdammt. Aber er kippte nicht. Ich nahm seine Hand, schwankend zog er mich auf die

Füße. Während dieser unkoordinierten Aktion stießen wir fast mit den Köpfen aneinander. Seine Nase war bis knapp unter die Augen vollkommen gerade, dann machte sie einen scharfen abrupten Knick, als wäre sie gebrochen und schief zusammen gewachsen.

Als ich stand, inspizierte ich meine Handflächen. Kein Blut, soweit ich erkennen konnte. Das teilte ich ihm mit. Er quittierte es mit einem Nicken, das so klein war wie sein Interesse. Beinahe nicht vorhanden.

»Weißt du, mir passiert das andauernd ...«, begann ich, weil ich noch am Reden war und das Bedürfnis hatte mich zu erklären. Meine Gedanken sind umherirrende, nie ruhende Wesen. Sie flitzen von A nach B und ich folge ihnen. Ich gehe ihnen nach. Manchmal nehmen sie meine ganze Aufmerksamkeit in Anspruch, dann stolpere ich über die reale Welt, laufe gegen Dinge oder falle über meine eigenen Füße. Zeugen sind die blauen Flecken an meinen Armen und Beinen.

Wir lehnten nebeneinander mit dem Rücken an der Hauswand und einige Menschen gingen an uns vorbei auf die Straße. Fremde Gesichter, nur weitere Namen auf der informellen Gästeliste der Party im Hinterhaus. Meine Leute hatten sich verloren, aber ich wusste aus Erfahrung und Zuversicht, dass ich sie schon wieder finden würde. Nun begutachte ich die Knie, auch da zum Glück kein Blut. Verärgert zog ich den Rock zurecht und hoffte, dass er sich erst bei dem Sturz so verdreht hatte.

Er schaute mir dabei zu und grinste dumm. Er konnte gar nicht aufhören. Ich sah mich in Erklärungsnot.

»Das passiert mir wirklich dauernd ...«, begann ich erneut, mit vollster Konzentration auf meine Artikulation. »Das sind meine Gedanken ...«, fuhr ich fort, ernsthaft bemüht den Kern der Sache zu treffen, doch mir gelang nur eine wirre, leicht selbstverherrlichende Darstellung. Sie war beflügelt halb von Peinlichkeit, halb vom Alkohol. Bestenfalls interessant musste das Gequatsche gewirkt haben. Ich sah fest in die blauen Augen. Meine linke Hand gestikulierte zur Untermalung der Worte. Die Finger der Rechten aber schlossen sich fest um die kleinen, rauen Backsteinziegel der Hauswand. Nur um sicherzugehen.

Er sah mich an. Nur meine Worte gingen auf einer Seite seines Kopfes hinein und auf der anderen wieder hinaus, ohne irgendeine Reaktion hervorzurufen. Er hörte mir zu, schweigend, doch in seinem Schweigen flirrte die Luft vor Zweifeln.

Ich kannte ihn nicht, es konnte mir egal sein, was er dachte. Nur ein Kerl von einer Party. Keine gemeinsamen Bekannten, keinerlei Verbindungen zwischen uns. Ich würde ihn nie wieder sehen.

Also hörte ich auf zu reden. Der Gedanke, dass er für mich egal war, füllt meinen Kopf so aus, dass ich seine Präsenz neben mir nicht mehr wahrnahm. Später erzählte er mir, dass er kein Wort von dem verstanden hatte, was ich zuvor zum Besten gegeben hatte.

Ich lehnte mit dem Rücken an der Hauswand. Sie war angenehm kühl. Es gab keinen Grund, dort noch neben ihm zu stehen. Es gab aber auch keinen Grund zu gehen. Ich blieb stehen, mit kaum einer anderen Intention als Bequemlichkeit. Da reichte er mir wortlos die Bierflasche, wie ein Friedensangebot. Ich nahm sie und trank.

Er sah nach oben in den diffusen Sommerhimmel, der weder richtig dunkel noch wirklich hell war und plötzlich begann er zu reden. Ich kann mich zwar nicht mehr erinnern über was, aber das Gespräch fesselte mich. Ich konnte sagen was mir in den Sinn kam, er genauso. Ich hatte etwas von mir gezeigt und unbewusst hatte ich ihn damit provoziert, mir im Gegenzug etwas von sich zu erzählen.

Ich weiß, dass wir eine Weile im Innenhof standen, das Bier tranken und redeten. Freunde von ihm kamen und wollten ihn zum Gehen bewegen, er verabschiedete sie und blieb. Es war wohl recht spät. Die Musik aber schwappte immer noch zu uns. Verloren im Innenhof, hallte sie wider und wider.

Nach einer Weile fiel mir auf, dass er neben mir an der Wand stand, dass wir uns nicht ansahen. Es war nicht nötig.

Vielleicht mochte er mich, meine Art oder das was ich erzählte. Ich vermutete aber, dass er vor allem meine Beine mochte. Die sind recht lang und kamen in dem blauen Rock mit Blümchenmuster gut zur Geltung. Als ich den Grund für meinen Sturz erklärte, hatte ich ihm zum Beweis meiner These einen großen blauen Fleck am unteren Teil meines Oberschenkels gezeigt.

»Der sieht aus wie Afrika!«, hatte er in nüchternem Tonfall festgestellt. Der Fleck sah wirklich aus wie Afrika, sogar Madagaskar war da, circa zehn Zentimeter oberhalb meines rechten Knies, Überbleibsel eines früheren Zusammenstoßes. Madagaskar war schon leicht grün, während das afrikanische Festland noch eine satte blaue Farbe aufwies.

Ob es nun an der Erotik des besagten Flecks lag, an meinen Beinen in dem kurzen blauen Rock oder an mir. Ich konnte nicht sagen, ob ihn interessierte, was wir redeten, aber er blieb.

Einmal gingen wir in das Haus, suchten Bier und fanden noch zwei Flaschen, zwischen den Partyleichen, deren glasige Blicke an allem vorbei- und durch alles hindurchgingen. Manche schliefen auf dem Boden, andere besonders Tapfere klammerten sich weiter an den Abend, wollten ihn nicht ausklingen lassen. Ihre müden Körper krümmten sich vor den Boxen zu eintöniger Musik. Die Luft war dumpf von Schweiß und enttäuschten Erwartungen. Auf dem Weg Richtung Küche stolperte ich wieder. Es war das verknotete Paar Beine eines knutschenden Pärchens, das den halben Flur einnahm. Instinktiv griff ich nach seinem Arm und er verhinderte meinen Fall. Als er mich wieder auf die Füße gestellt hatte, lächelte er mich an. Kein Grinsen diesmal und auch kein Spott. Es war das erste Mal, dass ich ihn lächeln sah. Als ich ihm stolz die Bierflaschen präsentierte, die ich gerade in einer Ecke des Kühlschranks gefunden hatte, lächelte er zum zweiten Mal. Wir fanden auch anderthalb Stücke Käsekuchen, die einigermaßen essbar aussahen, nachdem die Reste der rosafarbenen Geburtstagskerzen herunter gepult waren.

Mit der Beute gingen wir nach draußen in den Innenhof. Wieder lehnten wir uns mit dem Rücken an die alte Wand, tranken Bier, aßen Kuchen und redeten. Die Sonne ging auf und wir schauten zu, wie die Farbe langsam in den Himmel zurück kletterte.

Alicia-Eva Rost, geboren 1986 in Frankfurt am Main, studiert Digitale Medien mit Schwerpunkt Video an der Hochschule Darmstadt und arbeitet seit 2010 als freiberufliche Videojournalistin. Bisherige Veröffentlichungen: Kurzgeschichte »Unterwegs« in der Anthologie »Jetzt« des Antho-Logisch Literaturpreis 2010, erschienen im Axel Dielmann-Verlag, Frankfurt am Main.

Ruth Kroll

Charme

die Zeit drängt ausnahmsweise keinesfalls

den benutzten Kaffeepott vom Morgen
mit der braunen Zuckerkruste am Boden
in der vollgepfropften Spüle abgestellt
verweilend in der Küche
– absolut selbstgenügsam

starre gedankenverloren durch die trübe Scheibe
langsam formt sich ein klares Bild:

sattes Grün grinst verdammt frech
die werte Schaukel lässt sich vom milden Frühlingswind bewegen
die Papiertonne verspürt Übelkeit durch die zu tragende
Last alter Prospekte

selbst der Wankende
mit dem von Bierflaschen rhythmisch klappernden Stoffbeutel
leistet seinen Beitrag zur Harmonie dieses Augenblicks

ebenso wie die Fabrikruinen im Hintergrund

Ruth Kroll, 1986 in Halle (Saale) geboren, machte zunächst eine Ausbildung zur Ergotherapeutin und studiert seit 2009 Freie Kunst an der Bauhaus-Universität Weimar (Professorin Barbara Nemitz). 2010 erhielt sie den Grafe Kreativ Preis.

Marcella Melien

Memory

Ich liege im Bett, nackt, nachdem du gegangen bist.

Nicht dass du mich ausgezogen hättest, du meine Güte nein, daran ist nicht zu denken. Warum denke ich es trotzdem, will ich mich lustig machen über mich selbst oder über die unbekümmerte Kaum-Spürbar-Umarmung, mit der du dich verabschiedet hast? Wenn ich ganz ehrlich bin, liegt es daran, dass ich kein T-Shirt von dir habe, das mir zu groß ist und nach dir riecht, in dem ich schlafen könnte, und daran, dass ich keine Lust hatte, einen Schlafanzug anzuziehen, der nur nach blumigem Waschmittel riecht. Und weil nichts mehr Sinn macht, sobald du gegangen bist, weder der Film im Fernsehen noch die Sätze in meinen Büchern, weil es nichts mehr zu tun gibt, als einfach schlafen zu gehen, deshalb liege ich hier. Und schlafe nicht.

Du schläfst auch noch nicht. Bist weitergezogen zu anderen Freunden, die du mir nie richtig vorgestellt hast, nur aus ein paar Erzählungen kenne ich sie und von dem, das ich mir selbst ausmale. Wo du noch gewesen bist, haben sie dich bestimmt gefragt, was du gemacht hast, warum du so spät kommst, und du hast gesagt: nichts Besonderes, eine alte Freundin besuchen. Wahrscheinlich noch nicht mal das, bei einer alten Freundin vorbeischauen, so hast du dich wohl ausgedrückt, das klingt noch unbedeutender. Dann reicht dir jemand eine Bierflasche und ihr stoßt auf den Abend an, die anderen sind schon länger da, du hast aufzuholen.

Eine alte Freundin bin ich schon, das stimmt, ich kenne dich länger als alle anderen, die jetzt um dich herumsitzen, aber trotzdem nicht besser, ich weiß zwar, wie du mal warst, nicht aber wie du bist, jetzt in diesem Moment. Ich bin eine alte Freundin ohne die Chance, deine neue Freundin zu werden. Weil du mich immer noch so siehst wie früher? Weil du dich verändert hast?

Wenn ich dir jetzt sagen würde, erinnerst du dich noch ans Memory-Spielen früher, das war mal dein Lieblingsspiel, und mit der Zeit wurdest du sehr gut darin, hast mich immer geschlagen, würdest du wahrscheinlich den Kopf schief legen und die Augenbraue hochziehen auf eine Art, die ich nicht von dir kenne, die du dir irgendwo abgeguckt und angewöhnt haben musst. Jetzt sind wir zwei Memorykarten, die niemand als gleich, als zusammengehörig, als Paar erkennen würde, selbst wenn sie zusammen aufgedeckt würden, selbst wenn du mich mitnehmen würdest auf deine Partys, würde es niemandem auffallen. Und trotzdem decke ich die Karten in meinem Kopf immer und immer wieder auf, lege sie nebeneinander, tippe deine Karte an und drehe sie beide wieder um, mische sie unter die anderen.

Auch du deckst Karten auf, vielleicht jeden Abend eine andere, was weiß ich denn, es ist ein Schutzmechanismus meinerseits, das gar nicht so genau wissen zu wollen. In dem Punkt bin ich froh, dass zwischen uns nicht mehr genug Vertrautheit ist, um solche Details von dir zu erfahren, auch deshalb, weil ich selbst nichts zu erzählen hätte.

Früher, ja, da haben wir zusammengehört, ganz außen am Spielfeld lagen unsere Karten nebeneinander, nie in der Mitte. Wir galten beide nicht als cool, aber das ist ja nicht der Grund gewesen, dass wir befreundet waren, das kann ja wohl nicht alles gewesen sein. Deine Karte wurde jetzt wohl aufpoliert, zurechtgestutzt, um zu den anderen zu passen, und untergemischt, ich liege immer noch am Rand, nicht, dass mir das etwas ausmachen würde.

Ich drehe den Kopf, schaue auf die Leuchtziffern des Weckers. Eine deprimierende Zeit, um an einen Freitagabend allein im Bett zu liegen, vor allem, wenn man grübelt statt zu schlafen. Ich stelle mir die Reihe von leeren Flaschen vor, die inzwischen vor dir steht. Gehst du jetzt gerade raus und rauchst, denkst du ganz kurz nur an mein vorwurfsvolles Gesicht, bevor du dir die Zigarette ansteckst, an unseren Kinderschwur, dass wir nie, nie, nie damit anfangen? Den hast du sicher vergessen. Was soll's.

Ich drehe mich auf die Seite, auf der ich normalerweise am besten einschlafen kann, habe es fast geschafft, das Denken abzustellen, als mein Handy klingelt. Das habe ich nicht ausgemacht oder auf lautlos gestellt, wie ich es hätte tun sollen.

Immer erreichbar und für deine Freunde da zu sein ist ja schön, aber doch nicht, wenn du schläfst, sagt meine Mutter. Du musst auch mal lernen, jemanden zappeln zu lassen, weißt du, sagt meine ältere Schwester, aber das habe ich schon lange aufgegeben, ich bin diejenige, die zappeln gelassen wird, so ist das. Ich zähle drei Mal klingeln. Dann drücke ich die grüne Taste, ohne den Namen auf dem Display vorher lesen zu müssen.

»Hallo? Oh, hi. Nein, Quatsch, du hast mich nicht geweckt. Okay ... Ach was, klar, kein Problem. Nein wirklich. Klar kannst du vorbeikommen.«

Marcella Melien, 1992 in Wiesbaden geboren, macht gerade ihr Abitur und ist freie Mitarbeiterin beim »Wiesbadener Kurier«. Für ihre Kurzgeschichte »Herbstblatt« erhielt sie 2007 den Anerkennungspreis im Rahmen des George-Konell-Förderpreises der Landeshauptstadt Wiesbaden. Ihr erster Roman, »Das Buch von Mavalyon«, erschien 2009 im Verlag Petra Hennig, Bensheim, die Fortsetzung »Die Königin von Mavalyon« wird im April 2011 im selben Verlag erscheinen.

Nora Born

Immer das Gleiche

Er lief hastig die Straße entlang, sah sich immer wieder um. Seine Augenlieder flackerten, ein nervöses Zucken hatte seine Mundwinkel erfasst. Hektisch rieb er Daumen und Zeigefinger gegeneinander, auf seiner Stirn bildeten sich Schweißperlen. Wer ihn so sah würde vermutlich sofort um die nächste Straßenecke biegen, nach seinem Mobiltelefon in der Tasche langen und die Polizei verständigen. Ein leicht übergeschnappter Ausdruck lag in seinen Augen. Er wurde schneller, rannte fast. Die Angst schien ihn zu verfolgen, er zitterte. Immer wieder schienen seine Beine fast einzuknicken. Er stolperte. Fiel fast. Schürfte sich die Knie auf. Seine Hose zerriss. Blut lief am verblichenen Stoff hinunter, der nun dunkelrot glänzte. Doch er schien es nicht zu bemerken, fast zwanghaft rannte er weiter. Sein Atem ging rasch und stoßweise. Er musste sich immer wieder umdrehen, die Augen mal aufgerissen, mal fast geschlossen. Seine Pupillen zuckten hin und her. Seine Finger verkrampften sich, er ballte sie zu Fäusten, krallte sie in seinen schäbigen Pullover, drückte sich die Nägel ins Fleisch seiner Handballen. Er wurde langsamer, keuchte, blieb schließlich stehen. Panisch sah er sich um, stützte sich auf seine Knie, atmete tief durch. Richtete sich auf. Sein Gesicht war kalkweiß, Schweiß perlte von seiner Oberlippe. Er war nun völlig ausgelaugt, stierte aus leeren Augen die Straße entlang. Sein Gesicht war zerkratzt, Licht fiel darauf und ließ deutlich die hohen Wangenknochen erkennen. Er war dünn, ja beinahe mager. Rasiert und wohlgenährt wäre er gutaussehend gewesen. Hätte er nicht so ausgesehen, als wäre er seit Tagen unterwegs. Langsam schloss er die Augen, ließ die Schultern fallen und sackte auf dem Boden zusammen. Mitten auf der Straße. Presste sich die Hände vor den Mund. Den Kopf fest an die Brust gedrückt. Sein Körper bebte, er zuckte zusammen. Vage konnte er sich noch an ein Gespräch erinnern, sehr verschwommen zwar. Wortfetzen drangen in sein Gedächtnis. Begriffe wie »imaginäre Verfolger« und »fehlende Selbstkontrolle« verwirrten ihn. Wieder zuckte er zusammen. Öffnete dann die Augen. Tränen stiegen auf, trübten seinen Blick. Er blinzelte. Schien zu erwachen. Wie lange hatte er gelegen? Was machte er überhaupt hier? Und was wollten die ganzen Menschen von ihm? Ein enger Kreis hatte sich um ihn gebildet. Zwei Männer in Weiß und mit ernsten Gesichtern halfen ihm auf. Stimmen redeten ihm gut zu. Er hörte sie nur gedämpft. Wie durch eine Wand aus Nebel. Konnte Worte nicht verstehen, Sätze nicht begreifen. Nur die geflüsterten Worte einer Frau drangen zu ihm hindurch. »Es wird wieder passieren. Das ist doch immer das Gleiche ...«

Nora Born, 1994 in Darmstadt geboren, besucht dort die Viktoriaschule. Bisherige Veröffentlichungen u.a.: zwei Artikel in der Tageszeitung »Darmstädter Echo«; mehrere Artikel im wöchentlich erscheinenden »Roßdörfer Anzeiger« (auch in der Funktion als stellvertretende Schulsprecherin); mehrere Artikel in der Schülerzeitung der Justin-Wagner-Schule sowie der Viktoriaschule.

Thomas M. Meier

Bilanz

draußen liegt noch der schnee vom
letzten jahr – über das, was darunter

liegt oder darüber ist wenig zu
sagen, außer: die vögel hocken

schwarz in großbuchstaben auf den
strommasten, während auf dem

fahrrad die straße nordwärts ab-
bricht und das rote leuchten am

bahnhof immer noch verspätet blinkt:

die kette springt bei allen gängen,
und
das öl klebt wieder an den händen.

draußen liegt noch der schnee vom
letzten jahr. aber über beides ist

wenig zu sagen.

Thomas M. Meier, 1988 in Gera geboren, absolvierte eine Ausbildung zum Gestaltungstechnischen Assistenten und studiert jetzt Germanistik und Kunstgeschichte in Jena. Er baut gerade die Literaturzeitschrift »Grüner Selbinger« auf. Bisherige Veröffentlichungen: Beiträge in »Nagelprobe 24« (2007) und »Nagelprobe 26« (2009).

restposten

und jetzt: der gurt der tasche teilt
deine brust in zwei kleine augenblicke – schön
für mich.

aber du kommst so spät, vielleicht hat
es mit dem abgebrochenen furnier des tischs oder
mit deinen abgekauten nägeln zu tun, dass
ich nicht die richtige spur finde.

wozu auch –

die erste lautverschiebung, hundert pixel
breit auf dem display, vielleicht schieben
sich da noch ein paar hinein in mein
raster.

aber du kommst so spät, weil die sonne
bereits untergeht kommst du so spät. den
weg findest du

immerhin: in deiner tasche leuchtet ein neongelber

akkusativ.

Florian Delvo

Die Wand

Er sitzt ganz alleine da, starrt eine reine, weiße Wand an. Auf dem leeren Schreibtisch vor ihm liegt nur ein schwarzer Stift. Er schluckt und reibt sich die Schläfen, seufzt. Draußen ist es dunkel, das Licht im Raum schummerig. Er kratzt sich an der Wange, legt die Stirn angestrengt in Falten. Langsam erhebt er sich und verlässt den Raum. Nach kurzer Zeit betritt er ihn wieder, hat eine Flasche und ein Glas dabei. Er schenkt sich ein und leert das Glas in einem Zug, stellt es vorsichtig ab, greift zur Flasche und trinkt sie leer. Das Glas, die Flasche, der Flaschenverschluss und der schwarze Stift liegen auf dem Tisch. Wieder sitzt er da und starrt die Wand an. Er räuspert sich, steht auf und verschwindet erneut. Als er wieder eintritt, hat er einen Teller dabei, auf dem zwei Brote liegen. Nachdem er diese verspeist hat, sind überall Krümel auf dem Tisch, der Teller, das Glas, die Flasche, der Flaschenverschluss und der schwarze Stift ebenfalls. Der Tisch füllt sich immer mehr mit Abfällen, nervös rückt er den Müll auf dem Tisch beiseite, immer ist er im Weg. Er starrt die Wand an, verschwindet wieder, kommt mit Taschentüchern zurück und putzt sich die Nase. Auf dem Tisch befinden sich nun: die Packung Taschentücher, drei benutzte Taschentücher, Krümel, der Teller, das Glas, die Flasche, der Flaschenverschluss und der schwarze Stift. Nun ist der Tisch völlig zugemüllt, und er versucht ständig, sich Platz zu machen, doch was er auch tut, der Tisch bleibt voller Abfall. Er seufzt, greift zum Stift und öffnet ihn, fokussiert die breite Spitze. Dann steht er auf und macht Anstalten, etwas an die Wand zu malen, doch setzt sich wieder hin, schließt den Stift. Seufzen. Er reibt sich die Augen und nimmt erneut den Stift, nun zögert er nicht, sondern malt einen senkrechten, dicken, schwarzen Strich an die Wand und setzt sich dann. Seine Schultern fangen an, unrhythmisch zu zucken, er krallt sich den Stift und malt willkürlich Schleifen an die Wand mit einer hastigen Bewegung und setzt sich dann leicht zitternd hin. Legt seinen Kopf auf den Tisch und atmet schwer, greift zum Stift und malt wüst Striche an die Wand, ganz zufällig angeordnet, danach hastet er, wie auf der Flucht, zum Fenster, reißt es auf und wirft den Stift aus dem Fenster. Am Fensterrahmen festgeklammert, verharrt er keuchend und starrt den Stift an. Er schlurft zurück zum Tisch, setzt sich und starrt an die bemalte Wand, zitternd. Sein Atem geht schwer und er wankt leicht nach vorn und nach hinten, schließt die Augen und beruhigt sich durch gleichmäßiges Atmen. Er geht zum Fenster und sieht hinaus auf den schwarzen Stift, verlässt den Raum, als er wieder kommt, wird die Tür aufgestoßen, knallt gegen die Wand, er rennt ins Zimmer und malt wie wild geworden auf der weißen Wand herum, steht keuchend davor mit dem Stift in der Hand. Stille, wieder das Kratzen den Stifts auf der Tapete, der Stift ist leer. Schweigend und nach Luft schnappend, betrachtet er sein Erzeugnis. Er setzt sich und starrt die Wand an. Noch ein zögernder Gang zum Fenster, ein unsicheres Öffnen des Fensters, er klettert auf die Fensterbank, wackliger Stand. Was bleibt? Nur der mit Müll übersäte, chaotische Tisch und die verschmierte, einst reine, weiße Wand.

Florian Delvo, 1994 in Wiesbaden-Biebrich geboren, besucht die 11. Klasse der Nikolaus-August-Otto Schule in Bad Schwalbach.

Marika Rother

Gleich anders

Als er in den Spiegel sieht, erkennt er sich nicht. Sein Gesicht ist abgeschliffen, die Augen wie aus Glas, seine Fingerspitzen völlig glatt, kein Rillenmuster, dass seine Identität beweist. Seine Lippen haben das Karmesinrot des Schulmalkastens und die Haare Einheitsschnitt. Die Kleidung stammt aus dem Textildiscounter, die Figur aus dem Fitnessstudio. Er schreit stumm sein Spiegelbild an, weil er Angst hat, er könnte seine Stimme vom MP3-Player kennen. In seinem Bett liegt ein Mädchen von der Stange.

Er holt Luft und hält den Kopf unter den Wasserhahn. Eiskalt läuft das Wasser hinter seinen Ohren in den Nacken.

Seine Ohren. Zitternd fährt er das kleine Mittelgebirge in seinen Ohren mit dem Zeigefinger nach, um die seltsame und sicherlich einzigartige Kurvenführung nachzuvollziehen und stellt dabei fest, dass die Rillen in den Fingerspitzen wieder da sind.

Aber das Stangenmädchen muss raus aus seinem Ikea-Bett. Er schüttelt seine Haare, sodass sie die Wände und den Spiegel nass spritzen und betrachtet sein Bild durch einen gewölbten Wassertropfen. Doch der ist zu klein, um etwas darin zu erkennen, auch wenn er sich sicher ist, dass er darin eine verhältnismäßig riesige Nase hat. Er fasst sich an die Nase, die nicht riesig ist, aber immerhin vorhanden und atmet erleichtert auf. Ihm ist schwindlig, weil er zu viel getrunken hat.

Auf dem Bett liegt das Stangenmädchen und wackelt nervös mit den Zehen, weil sie eigentlich nicht mit ihm schlafen will. Aber es gehört sich so, wenn man von einer Party mit nach Hause genommen wird. Und sie ist ja ein höfliches Mädchen. Der Laptop flackert, weil immer noch sein Lieblingsfilm läuft, den sie nicht versteht, obwohl sie sich wirklich Mühe gibt. Jetzt kommt er ins Zimmer gestolpert. Seine Haare sind ganz nass und er schaut ein bisschen verbissen drein.

Er fragt, ob sie einen Kaffee will und sie nickt, obwohl

sie keinen Kaffee mag, aber alles ist besser, als darauf zu warten, dass es etwas passiert.

Also sitzt sie jetzt in der Küche, immer noch angezogen und er findet sie hübsch. Aber hoffentlich redet sie nicht so viel. Vielleicht schläft er dann nachher doch noch mit ihr. Schließlich gehört das dazu, wenn man jung ist.

Und so phrast man sich durchs Leben, denkt er, und plappert immer schön nach, was man mal gelesen hat, und eh man sich versieht, hat man statt Fingerabdrücken Gumminoppen an den Händen. Und dann kann man das eigene Gesicht nicht mehr vom grauen Schneematsch auf der Straße unterscheiden. Vielleicht hat man noch Glück und es ist nicht der Matsch von der Bahnhofsstraße sondern der von der Schiller-Allee, wo Fußgängerzone ist, aber Matsch bleibt Matsch und wenn auch noch so hochwertig und gebildet. Also überlegt er sich, worauf er denn jetzt ganz individuell Lust hätte.

Verlieben wäre jetzt schön, denkt er. Aber das Stangenmädchen scheint ihm dafür wenig geeignet. Seine Freundin auch nicht. Die ist zwar ein bisschen schlauer, aber tendiert dazu, auf andere runterzugucken. Darum muss er bei ihr immer erst hoch klettern und darauf hat er keine Lust. Vielleicht muss ich selbst erst mal wieder auf den Boden kommen, denkt er und schreibt ihr eine Schlussmach-SMS, während noch der Kaffee kocht und das Stangenmädchen unsicher guckt.

»Am meisten Lust«, sagt er jetzt laut, »hätte ich auf Jonglieren. Kannst du das?«

Das Stangenmädchen guckt ihn aus großen Rehaugen an und lacht dann, weil sie denkt, dass er lustig sein will und es sich also gehört zu lachen. Und eigentlich will er ja auch lustig sein, aber er findet es noch viel lustiger, dann auch wirklich seine drei kleinen Leinsamenlederbälle aus seinem Zimmer zu holen und sie ihr hinzuwerfen.

Sie fängt nur zwei und lacht ein bisschen mehr, nur falls er nicht gemerkt hat, wie offen sie seiner Verrücktheit gegenüber steht. Vermutlich wird sie sich jetzt in ihn verlieben, weil er so schön verrückt ist. Da geht seine Lust flöten.

Aber jetzt, denkt er, muss ich das eben durchziehen. Vielleicht leuchtet in ihr drin ja ein helles Lichtlein, und dann kann ich mich heute Abend doch noch verlieben. Wenn nicht, dann schlaf ich halt mit ihr und hab den Abend trotzdem irgendwie sinnvoll genutzt.

Er fühlt sich hundeelend, als er versucht, ihr das Jonglieren beizubringen. Sie kann es nicht. Niemand kann es am Anfang, aber sie sieht dabei so rotzeniedlich aus und lacht so verschämt, dass ihm ganz übel wird. Sie denkt, er wird wütend, weil sie sich so dämlich anstellt und wird vor lauter Aufregung noch ein bisschen rotzeniedlicher in ihrer omnipotenten Tollpatschigkeit. Schließlich krallt er sich die Bälle selbst und jongliert eine Viertelstunde, während sie nun ganz still den Kaffee durch ihre Kirschlippen schlürft.

»Du kannst ja gar nix dafür«, stellt er fest, mehr für sich als für sie. »Eigentlich mag ich dich sogar ein bisschen. Du bist wie so ein Reh im Zoo, dass man durch den Maschendrahtzaun streicheln und füttern kann.« Dass man zu dem Reh aber bestimmt keine nähere Beziehung aufbauen will, sagt er nicht, weil er nicht will, dass sie weinen muss.

»Aber weißt du, heute mag ich gerade keine Zoos. Lass uns mal wieder auf die Party gehen.«

Sie nickt, als ob sie ihn verstanden hätte, und ein bisschen hat sie auch verstanden. Das sind solche Sachen, wie die Leute in den Büchern immer sagen. Das ist jetzt so ein erhebender semiliterarischer Moment, den man als Bildungsbürger zu schätzen wissen muss. Und sie geht ja auf die Uni, darum versteht sie das auch. Auf jeden Fall heißt das, dass sie nicht mit ihm schlafen muss und das ist ja gut. Aber das heißt wohl auch, dass er nicht mit ihr zusammen sein will und das ist schade, weil er so gut aussieht.

Auch er weiß, dass er etwas sehr Wichtiges gesagt hat, und beschließt das später noch aufzuschreiben, damit er so lange darüber nachdenken kann, bis er es versteht. Aber trotzdem fühlt er sich immer noch mies und ein wenig abgeschmirgelt um die Nase herum. Und eigentlich hat er auch keine Lust, wieder auf die Party zu gehen, wo alle so sehr abgeschmirgelt sind und außerdem doof gucken, wenn er das Stangenmädchen unbenutzt zurückbringt. Und trinken will er ganz bestimmt auch nichts mehr.

Also bringt er sie nur zurück und verabschiedet sich, und sie guckt ein bisschen unsicher, aber das kann er jetzt nicht mehr ertragen. Darum lässt er sie einfach stehen und geht aus dem Haus. Unten vor der Tür steht die Andere. Insgeheim nennt er sie die Andere, weil sie eben anders ist, kein Stangenmädchen, eher ein selbst genähtes Flohmarktstück. Ein bisschen komisch ist sie, und ganz sicher ist er nicht in sie verliebt. Aber er redet gern mit ihr und darum stellt er sich jetzt neben sie und zündet sich eine Zigarette an und guckt den Mond an, der gar nicht da ist.

»Ich bin deprimiert. Die kotzen mich da alle so an«, sagt er.

Die Andere sagt: »Aha.«

»Kannst du nicht irgendwas Intelligentes sagen. Dann kann ich mich auch gleich in dich verlieben, obwohl ich dich nicht hübsch finde.«

Die Andere guckt ihn an und zieht eine Augenbraue hoch. Das kann das Stangenmädchen nicht, denkt er und ist dann tatsächlich gleich ein bisschen verliebt.

»Wir können auch miteinander schlafen«, sagt er.

»Neee«, sagt da die andere, »lass mal stecken. Und was Intelligentes kann ich jetzt auch nicht auf Zwang. Wenn du eine Formel willst, wie du mit den kaputten Typen da oben klar kommen sollst, musst du dir die auch selber aufstellen, das ist eine sehr subjektive Geschichte. Da ist jeder ganz individuell. Und du bist ja sowieso eher so ein Spezialfall.«

Jetzt zieht er beide Augenbrauen hoch.

»Findest du das wirklich? Dass ich speziell bin, meine ich?«

»Klar, du bist völlig daneben.«

Er grinst ganz breit und befühlt seine Fingerspitzen.

»Cool.«

»Ich werde trotzdem nicht mit dir schlafen«, sagt die Andere.

Aber das ist völlig okay.

Marika Rother, 1989 in Neuhaus am Rennweg geboren, studiert Mediengestaltung an der Bauhaus-Universität Weimar. 2008 belegte sie den ersten ersten Platz beim RE-CYCLE-Nachwuchs-Journalisten-Wettbewerb (Schreibwettbewerb unter Schirmherrschaft der StoraEnso); seit 2010 ist sie Redakteurin der »Lemma« (Thüringer Studentenzeitschrift).

Michael Wittland

Großstadtlieder

Die Enteignung

Mit dem Dämmern des Tages offenbarte sich ihr Fehlen. Wie viele sich fortgestohlen hatten und wie ihre Namen lauteten, ließ sich zunächst nicht sagen. Doch ein Einblick in die Akten würde es sicherlich bald möglich machen, darüber Rechenschaft abzulegen. Man wird mit akribischer Genauigkeit Art und Hergang ihres Verbrechens auf beglaubigtem Amtspapier notieren.

Im Augenblick ist hypothetisch anzunehmen, dass die Diebe um die erste Stunde nach Mitternacht reges Leben erfasste. Zu dieser Zeit verließen sie ihre Arbeitsplätze an den grell beleuchteten Fließbändern, die Gesichter blass von der Müdigkeit – wie Gespenster, und noch im Gehen behielten sie den trägen Gleichschritt ihrer Arbeit bei. Um die zweite Stunde drehten sie sich die Stricke, welche sie für ihre Flucht benötigten. Auch dies geschah in völliger Stille mit einer Selbstverständlichkeit, die keine Worte benötigte, schien doch die planmäßige Ausführung der synchronen Arbeitsgänge für sich zu sprechen. Sie knüpften die Stricke in der dritten Stunde an Fenstersimse und Metallstreben großer Maschinen. Die vierte Stunde nach Mitternacht brachte schließlich die Tat: Die Diebe ließen sich von Stühlen und Fensterbänken herabgleiten. Der Arzt sowie der zugezogene Schadensgutachter geben den zappelnden Füßen wenige Minuten. Die Einschätzung ist fachmännisch, unbestritten.

Die Flucht scheint also vier Stunden und wenige Minuten nach dem Anbruch des neuen Kalendertages geglückt zu sein. Der Besitzer verweist auf Arbeitsverträge und diverse andere Papiere. Man hat ihn betrogen. Jetzt fordert er Genugtuung und zwar auf das Entschiedenste. Der Gutachter möchte widersprechen. Der Besitzer deutet anklagend auf leere Arbeitsplätze im entlarvenden Neonlicht. Zurückgeblieben sind nur die Stricke, an deren Enden die Körper baumeln. Die Diebe haben ihre Sache gut und gründlich gemacht. Daran kann man nicht zweifeln.

Morgen geht der Brief an die Versicherung ab. Man wird die Diebe zur Rechenschaft ziehen, verspricht sich der Besitzer in Verkennung der Situation.

Wenige Tage später erhält der Obersekretär des Besitzers das Rückschreiben: Verlusterstattung abgelehnt, da Verbleib der Diebe noch ungeklärt. Bitte um Nachweis.

»Es ist doch immer dasselbe« murmelt der Obersekretär kopfschüttelnd und beginnt routiniert das Antwortschreiben zu formulieren. Der Prozess wird sich noch lange hinziehen.

Michael Wittland, 1991 in Lauterbach geboren, besucht die Rudolf-Steiner-Schule Loheland, Fulda.

Sophie Breitenberger

Hinter der Mauer

Ein Räuspern lässt ihn hochfahren. Durch die kühlen Brillengläser funkeln ermahnend kühle Augen. Sie zieht die rosa geschminkten Lippen kraus.
»Schuldiung …«, murmelt er kaum verständlich. Statt zu antworten, widmet sich die Frau wieder ihrer stupiden Beschäftigung.
Er schaut zur Uhr und muss feststellen, dass es noch eine gute halbe Stunde dauern wird. Es kommt ihm vor, als würde sich die Zeit bei jedem Ticken verlangsamen. Die Vorstellung verursacht ihm kurz Übelkeit.
Wehleidig sieht er aus dem Fenster, hinter dem die Sonne bereits untergehen will. Sie muss nur noch hinter dem Berg verschwinden. Über seinem Kopf summen und flackern die Neonröhren, als hätte man sie ebenfalls zum Nachsitzen verdonnert.
Er glaubt beobachten zu können, wie sie sich langsam hinter die kahlen Bäume des Berges schiebt, die wie krumme, verzweigte Zaunslatten in den Himmel ragen.
Die Frau seufzt und zieht ein neues Blatt aus dem Stapel, während sie mit einer kurzen Handbewegung ihre Brille korrigiert.
Sein Magen knurrt und zieht sich schmerzhaft zusammen. Höchste Zeit für McDonald's – wobei er es eigentlich langsam leid ist, ständig dort zu essen. Er kennt die Karte auswendig. Aber es geht am schnellsten, macht satt und außerdem würde wahrscheinlich jeder normale Mensch Hamburger und Cola einem permanent leeren Kühlschrank vorziehen. Nun gut, was heißt leer – da sind immer ein, zwei Karotten und irgendwelche Konservendosen drin. Aber Brot haben sie seit einer Woche nicht mehr gehabt, ganz zu schweigen von Milch. Wahrscheinlich muss er bald anfangen, selbst einkaufen zu gehen. Und die Küche muss auch mal aufgeräumt werden…
Magenknurren.

Die Pädagogin ignoriert diesen vollkommen offensichtlichen Hilfeschrei und kritzelt, raschelt, rollt Stifte hin und her und seufzt. Diese Frau – wahrhaftig sehr kühl.

Die Sonne hat sich weitergeschoben und ragt nur noch ein kleines Stück über die nackten Baumkronen. Leuchtend rot-orange; schwarze, krumme Streifen dazwischen. Als ob der Wald brennt. Weit über der Horizontlinie türmen sich dunkle Wolken und geben dem ganzen noch etwas Bedrohliches. Wird wohl bald wieder Schnee geben.

Seufzen.

Er versucht, sich daran zu erinnern, wann es das letzte Mal in der Küche etwas Warmes zu Essen gegeben hatte. Vor einem Monat, oder vielleicht schon zwei? Irgendwas mit Putenbrustfilet und Reis. War gut. Zwar nur aufgetaut und schnell angebraten, aber gut. Jedoch aufgrund gewisser Umstände trotzdem eher unappetitlich. Denn es schmeckt weit weniger gut, wenn man dabei stets von bösartigen Wortwechseln und sarkastischen Anfeindungen begleitet wird. Schrille Töne, die aus einer kaputten Spieluhr kommen, deren Aufziehmechanismus sich selbstständig gemacht hat. Man versucht dann, sich auf einen Punkt zu konzentrieren und es schweigend über sich ergehen zu lassen – oder noch besser: es an sich *vorbei* gehen zu lassen. Man streichelt die Katze, die unterm Tisch auf eine milde Gabe lauert, man versucht das Geheimnis des Tischdeckenmusters zu entschlüsseln, man wartet darauf, dass man endlich wieder allein ist und in Ruhe seinen Teller in die Spülmaschine räumen kann, ohne dabei auch noch nach der eigenen Ansicht zu gerade eben aufgeführten Diskussionspunkten gefragt zu werden. Anfangs war die Versuchung groß, einfach demonstrativ aufzustehen und zu gehen. Aber was wird dann aus dem Putenbrustfilet?

Jedenfalls gab es nach dem Super-GAU vor ein oder zwei Monaten dann keine gemeinsamen – geschweige denn warmen – Mahlzeiten mehr. Nur Geld für McDonald's, das morgens auf dem Küchentisch lag. Sieben Euro. Reichen immer.

Magenknurren (diesmal sehr lang und sehr laut).

Etwas Menschliches regt sich in ihr – sie hebt ruckartig

den Kopf. Ist es nun Mitleid oder die Nerven, sie lächelt steif und nickt in Richtung Tür. Wird aber auch Zeit, *Madame*.

Die Sonne glimmt zwischen den Baumstämmen am Horizont, der Himmel dagegen ist schwarz wie Ruß. Keine Schneeflocke zu sehen. Komisch.

Draußen steigt ihm die Kälte sofort in Nase und Lunge, scheint seine Schleimhäute geradezu einfrieren zu wollen. Er hustet, stößt dabei weiße Wölkchen aus und stopft die Hände schnell in die Hosentaschen.

Nachdem er sein Hungergefühl mit einem Riesenburger einigermaßen befriedigen konnte, macht er sich auf den Weg nach Hause.

Er weiß genau: sobald er die Haustür aufschließt, muss er versuchen, so leise wie möglich zu sein. Um diese Uhrzeit ist sie ganz besonders in Plauderlaune und jedes noch so kleine verräterische Geräusch kann einem den gesamten Abend verderben. Wie immer wird sie ganz harmlos anfangen, fragen, wie die Schule war, was die Noten machen et cetera, et cetera. Eben gerade so zu tun, als würde sie sich für ihn interessieren, um dann zufällig zu erwähnen, wie anstrengend der Tag wieder war, wie die Kunden genervt haben, wie müde sie ist und wie schön es wäre, hier endlich rauszukommen. Das ist alles noch aushaltbar, wenn auch lästig. Aber dann scheint es fast nahtlos in den dramatischen Teil überzugehen, der immer das Gleiche beinhaltet: Ich bin am Ende und dein Vater ist ein Arschloch.

Sie wird ihn mit verzweifelten, teilweise bloß rhetorischen Fragen bombardieren. Fragen, die man in seinem Alter nicht beantworten kann – nicht beantworten will. Er hat es am Anfang versucht, aber bald festgestellt, dass man ihn, was diese Angelegenheit betrifft, auch einfach mit dem Kopf gegen eine harte Wand schlagen könnte. Dinge wie »Wohin?«, »Wie weiter?«, »Warum nicht?«, »Was wird mit?«, »Wohin mit dir?« brachten ihn dermaßen aus der Fassung, dass er begonnen hatte, sie auszublenden, nicht mehr darüber nachzudenken, abzuschalten und Tischdeckenmuster zu entschlüsseln. Ein, zwei Monate sind vergangen und nichts ist passiert, nur sie fängt immer wieder von vorn an, anstatt sich selbst um die Beantwortung ihrer Fragen zu kümmern. Und das an jedem Tag, an dem der Schlüssel zu laut klirrt oder die Treppe knarrt oder sonst irgendetwas.

Jetzt hat er doch darüber nachgedacht.

Wütend tritt er gegen einen Stein, der auf dem Gehweg liegt. Er könnte einfach warten, bis sie schlafen geht. Das wird noch ungefähr zwei Stunden dauern; bis sie aufgehört hat zu heulen und sich einen Beruhigungstee gemacht hat – natürlich ohne auch nur einen Blick auf den dreckigen Geschirrhaufen geworfen zu haben. Er ist froh, dass sie noch keine Tabletten im Schrank versteckt. So schlimm ist es *noch nicht.*

Er entscheidet sich schnell und schlägt die entgegengesetzte Richtung ein. Irgendwie wird sich die Zeit schon totschlagen lassen.

Er schlendert durch die Parkanlage, in der sich bei dieser Kälte nicht einmal mehr die Penner herumtreiben.

In der Mauer, die die Anlage vom Wald trennt, fehlen Ziegelsteine. Ein paar davon hat er selbst herausgestemmt. Die Öffnung reicht gerade zum Hindurchkriechen. Er kramt in seinen Hosentaschen und findet tatsächlich noch eine einsame, verstümmelte Zigarette.

Auf der anderen Seite ist es schwarz. Angenehm, nichtssagend und schwarz. Schwärze ist manchmal besser als alles andere. Nicht gut und nicht schlecht, einfach nichts. Tot. Oder was auch immer. Vielleicht ist weiß genauso gut. Schwarz ist ihm aber lieber.

Gegen die Mauer gelehnt, schließt er die Augen, lauscht der Stille, atmet kalte, schwarze Luft. Hustet. Atmet noch einmal. Hustet stark, reißt die Augen auf.

Die Sonne!

Orangerot lodert sie zwischen den schwarzen Stämmen, züngelt an ihnen entlang, reißt Äste herunter, sprüht Funken und blendet wie verrückt. Er schaut nach oben und sieht schwarze Wolkentürme, die sich drohend in den Himmel erheben. An seinem Gesicht zerrt Hitze. Der Lärm scheint sein Trommelfell jeden Augenblick zum Bersten zu bringen. Er merkt, dass er nicht mehr atmet und holt es hastig nach. Rauch durchdringt seine Lungen und bringt ihn abermals zum Husten. Die Hitze drängt ihn gegen die Wand, er spürt Schweißperlen auf seiner Stirn.

Er presst seine schmerzenden Augenlider aneinander. Sein Herz rast, hebt beinahe ab.

Eine gewaltige Druckwelle reißt ihn beinahe um und hinterlässt kühle Stille.

Vorsichtig blinzelt er durch die Lider. Schwarz. Was zum …?

Mit zitternden Händen schließt er die Tür auf, der Schlüssel fällt drinnen auf den Boden.

»Wo warst du denn so spät noch?« Sie lehnt im Türrahmen und mustert ihn. »Kumpel«, murmelt er.

»Hast du wieder mit Rauchen angefangen?«, fragt sie.

Sophie Breitenberger, 1994 in Ebersdorf geboren, besucht das Gymnasium Bad Lobenstein.

Jonas Ohland

Luftschlacht über London

Seine Fingerspitzen falzten die Kante des Leders, behutsam, aber bestimmt. Das harte Material war nicht leicht zu bearbeiten, doch Edward Townend war ein Meister darin. Die Ränder drückten kräftig gegen seine geübten Hände und hinterließen tiefe Rinnen, sobald er die Finger von dem Stück nahm, um zu seiner Ahle zu greifen. Mit klebriger Zunge leckte er sich konzentriert über die dörren, salzigen Lippen und durchbohrte die gefalzte Kante mit einem kraftvollen Stich, um das Leder später hier zusammenzunähen.

Es war bereits spät, die Kerze war fast heruntergebrannt und tauchte Townends Arbeitszimmer in schwaches, schummriges Licht. Nach diesem Stück würde er nach Hause gehen.

Seine Augen verengten sich ein letztes Mal, die Augenbrauen zogen sich zusammen und vertieften die Furchen in seiner Stirn, während er die Arbeit rasch beendete.

Ein letzter Knoten, ein finaler Schnitt und Townend legte ein fertiges Halfter vor sich auf den Tisch. Seine Firma stellte die besten Halfter für Maschinenpistolen in ganz England her. Niemand konnte sich mit ihnen messen. Townend wusste das, und die englische Armee wusste das auch. Darum war ihr Unternehmen auch der Hauptlieferant in England. Jeder Soldat trug im Krieg gegen Deutschland seine Waffe in einem Townend-Halfter um die Schulter.

Müde blickte er aus dem Fenster. Draußen war es finster, noch finsterer als in diesem Zimmer, und der Mann sah nur in sein fahles Spiegelbild.

Der Anblick war beunruhigend. Die müden Augen waren klein, wässrig und schwarz. Wie leblose, unreine Glasklumpen steckten sie tief in dem runden, faltigen Gesicht, dessen Haut fast so ledrig war wie das Material, mit dem Townend Tag für Tag arbeitete. Die schmalen Lippen wirken wie ein unsauberer Schnitt, die Nase wie ein verzogenes Flankenstück an dem Halfter eines Lehrlings. Dieses Erscheinungsbild wurde von einer halb kahlen Schädeldecke gekrönt, die nur dürftig mit dem schwarzen, fettigen Haar überkämmt worden war.

Doch was spielte das Aussehen für ihn für eine Rolle? Er leitete ein Unternehmen mit vielen Mitarbeitern, das seine Halfter direkt an die Armee lieferte. Darauf konnte man stolz sein.

Erschöpft löschte er die Kerze, verließ das Arbeitszimmer und ging nach draußen. Sorgsam verschloss er die Eingangstür für die Nacht und steckte den Schlüssel ein.

Schwarze Wolken bedeckten den Himmel. Die Straßenlaternen waren die einzigen Lichtquellen und lackierten die Gasse mit einem unnatürlichen Schein. Ein leichter Nieselregen kam von oben herab und ließ das Kopfsteinpflaster gefährlich glatt glänzen.

Townend setzte die Lederkapuze seines Mantels auf und ging zügig die Straße entlang. Seine Schritte hallten zwischen den Häusern wieder und erinnerten ihn daran, dass er hier ganz allein war. Allein in einer Millionenstadt.

Seine Schritte beschleunigten sich etwas. Hier auf den Straßen Opfer eines Überfalls zu werden, entsprach nicht seiner Vorstellung eines geruhsamen Feierabends.

Schnaufend bog Townend in die nächste größere Straße ein. Ein ungewöhnlich rauchiger Geruch lag hier in der Luft. Was war los? Die Kohlekraftwerke rochen anders, auch die Stahlfabrik am Stadtrand hatte einen anderen Geruch. Hier roch es irgendwie ... schärfer.

Doch was ging ihn das an? Für Brände war die Feuerwehr zuständig, er hatte nichts damit zu tun, er musste jetzt nach Hause.

An einer Kreuzung entdeckte er eine Ausgabe der Times. Der Regen hatte das Blatt aufgeweicht und in die Zwischenräume der Steine gedrückt, aber das Titelblatt war immer noch klar zu erkennen. Es war die Ausgabe des 7.9.1940, also von gestern.

»Widerstand bislang erfolgreich«, lautete die Schlagzeile. Darunter war ein Foto abgedruckt. Es handelte sich um zwei britische Soldaten, die einen deutschen Soldaten gefangen nahmen, der mit schweren Schusswunden versetzt

worden war. Sie bedrohten ihn mit einem Gewehr. Um ihre Schultern hing jeweils ein Townend-Halfter.
Ein Funken Stolz glomm in ihm auf. Ja, sein Produkt hatte es wirklich zu etwas gebracht! Doch beim Anblick des verwundeten Soldaten erlosch der Funke wieder. Damit hatte er doch nichts zu tun, ganz sicher nicht.
Ein Geräusch riss Townend aus seinen Gedanken. Ein fernes, dumpfes Poltern, Krachen und Dröhnen, das einige Sekunden anhielt und dann wieder schwieg. Solch ein Geräusch hatte er noch nie gehört und es gefiel ihm ganz und gar nicht. Schnell setzte sich der Mann wieder in Bewegung und ging in die Richtung seines schützenden Heims.
Da ertönte es erneut. Ein durchdringendes Krachen ließ die Luft erzittern und hallte in den Straßen nach. Es war näher gekommen. Townends Herzschlag beschleunigte sich. Eine dunkle Vorahnung kristallisierte sich in seinem Kopf und erfüllte ihn mit Angst.
Ein ohrenbetäubender Knall ließ Townend zusammenfahren. Der Boden bebte unter der Erschütterung, die Fensterscheiben klirrten. Die Lärmquelle war nun ganz in der Nähe und jetzt gesellte sich ein weiterer Klang zu der Explosion, der Townend beinahe noch mehr Angst einjagte: Ein unheilvolles Brummen und Summen erfüllte die Luft.
Eiskalt bestätigte sich Townends Vorahnung. Jetzt war klar, woher die Geräusche kamen.
London wurde von Bombern angegriffen!
In der Ferne erklang das Knattern der Artillerie, die versuchte, einige der Bomber aufzuhalten. Doch eine Rettung für London erschien Townend unwahrscheinlich.
Die Explosionen entfernten sich allmählich und er wagte es, wieder in den Himmel zu sehen. Mit Erleichterung stellte Townend fest, dass er sich nur in den Randbereichen des Angriffs befunden hatte. Über seinem Kopf flogen nur vereinzelte Maschinen, der Großteil der Angreifer war über die Innenstadt geflogen.
Einer der Bomber zog seine Aufmerksamkeit auf sich. Er befand sich in starkem Sinkflug und aus dem linken der beiden Antriebsmotoren quoll schwarzer Rauch. Die Artillerie hatte also doch getroffen.

Für einen Moment beobachtete Townend das Flugzeug, doch dann versetzte ihm der Anblick einen Stich. Es flog genau auf ihn zu! Würde diese Flugmaschine hier in der Nähe abstürzen? Sein Herz raste als das Monstrum aus Metall über ihn hinwegrauschte.

Ein unvergleichliches Krachen zerfetzte die Luft und der Aufschlag ließ die Straßenlaternen flackern, als das Flugzeug abstürzte.

Townend hielt seine Kapuze fest und rannte in die Richtung des Unglücks.

Die Maschine war in einem Innenhof abgestürzt. Der aufsteigende Rauch machte es einfach, ihn zu finden.

Das Flugzeug lag stark beschädigt unter einem Haufen Schutt. Der eine Motor rauchte nach wie vor. Auf der anderen Seite brannte es.

Entsetzt über dieses Bild näherte sich Townend der Maschine. Eine solche Zerstörung hatte er noch nie gesehen. Der Pilot hatte den Absturz sicher nicht überlebt.

Die hintere Tür des Flugzeugs öffnete sich quietschend. Erstaunt sah der Mann, wie ein deutscher Soldat hinter der Tür erschien, gekrümmt, das Gesicht vor Schmerz verzerrt und stark blutend. Er erblickte Townend und rief ihm etwas auf Deutsch zu, das dieser nicht verstand. War es ein Hilferuf?

Vorsichtig näherte sich der Unternehmensleiter der verunglückten Maschine.

Fußgetrappel und ein Angriffsschrei von hinten ließen ihn herumfahren. Englische Soldaten kamen in den Hinterhof gerannt und richteten die Mündungen ihrer Gewehre auf den Soldaten und Townend selbst.

Erschrocken wich er zurück. Er hatte hiermit doch nichts zu tun!

Doch bevor er etwas sagen konnte, ließ einer der Soldaten mehrere Schüsse aus seiner Maschinenpistole los. Der deutsche Soldat schrie auf und kippte nach vorne aus der geöffneten Tür. Mit Entsetzen beobachtet Townend, wie sein Körper zwei Meter tief fiel und knackend auf den Boden klatschte.

Dann knallte es noch einmal. Eins, zwei, drei Schüsse wurden abgegeben. Doch nicht auf den Deutschen!

Ein eiskalter, stechender Schmerz fuhr Townend in die Brust. Fassungslos sah er an sich herunter. Sein Ledermantel war an drei Stellen durchlöchert worden.

Er spürte, wie sich mehrere, kalte Haken in seine Wunden bohrten und ihn zu Boden zogen. Seine Beine gaben nach und er landete unsanft auf der Seite.

Wieso schießt man auf mich, dachte er, ich habe doch nichts getan?

Die englischen Soldaten verließen den Hof wieder. Einer steckte seine Maschinenpistole wieder in den Halfter. Es war ein Townend-Halfter.

Jonas Ohland, 1993 in Rüsselsheim geboren, besucht die zwölfte Klasse des Graf-Stauffenberg-Gymnasium in Flörsheim am Main und möchte später Physik studieren. Er ist freier Mitarbeiter der lokalen Tageszeitung »Main-Spitze«.

Janea Reining

Alte Bäume

Das Fenster ist geöffnet und in das warme Zimmer weht ein leichter Wind hinein, der die Baumkronen vor dem Fenster rauschen lässt.

Er steht am Fenster und lässt seine wenigen Haare durchwehen. Sie sitzt in ihrem Lieblingssessel und lächelt ihn an. Ein paar Minuten steht er so da und genießt das Leben, das er noch hat. Man muss es realistisch sehen, hat er neulich zu seinem Nachbarn gesagt. Man muss es realistisch sehen, alte Menschen sterben nun mal irgendwann und ich bin alt.

Der Wind weht immer noch, als sie ihm sagt, er solle sich jetzt umdrehen und seinen Hintern Richtung Supermarkt bewegen. In deinem Tempo brauchst du eine Weile, sagt sie neckend. Und wenn du mitkommst, antwortet er, dann brauchen wir nur doppelt so lange. Beide lachen. Dann geht er auf sie zu und drückt ihr einen Kuss auf die Wange. Sein Rücken schmerzt, als er sich wieder aufrichtet, und seine Beine fühlen sich schwach an, als er einkaufen geht.

Auf dem Weg trifft er viele Menschen. Man kennt sich. Man lebt nebeneinander, man kennt die Familiengeschichten, man weiß, wer wann, wo und weshalb gescheitert ist, wer seinen Garten nicht gut genug pflegt, wer gerade krank ist und wer wechselnde Beziehungen hat. Aber man vermisst sich nicht, wenn einer fehlt.

Na, wie geht es heute? Was machen die Beine, immer noch so schlimm? Ist es schon wieder Einkaufszeit, ich muss mich aber sputen. Ihre Rosen sehen aber wieder hübsch aus, ich bin ganz neidisch, was ist denn ihr Geheimrezept? Wie geht es denn der Gattin? Letzte Woche habe ich ihre Tochter mit den beiden Kleinsten gesehen, sie sind Ihnen ja wie aus dem Gesicht geschnitten. Ihre Frau habe ich länger nicht gesehen, sie ist doch nicht etwa krank? Wussten Sie schon, dass die junge Frau von gegenüber Krebs hat, ich habe das ja schon lange vermutet, sie sah immer so blass aus. Einen

schönen Tag wünsche ich Ihnen noch. Und grüßen Sie mir die Familie recht herzlich.
 Ach, dem Alter entsprechend, danke der Nachfrage. Die Beine machen was Sie wollen, Sie kennen das ja. Ich rede mit den Pflanzen, das ist ein bisschen verrückt, aber ich bin dadurch auch ein alter Baum geworden. Ich bin heute etwas früh dran, man mag es kaum glauben, aber mit dem Alter kommt auch die Zeit. Gut, danke. Gut, dass Sie das nur aus Höflichkeit sagen, ich will doch nicht, dass die armen Kinder das Gesicht ihres Opas bekommen, dafür muss schon die Oma herhalten. Die ruht sich heute etwas aus, eine kleine Erkältung wahrscheinlich, kein Grund zur Sorge. Ach nein, wirklich? Das ist ja schrecklich. Ihnen ebenso, danke, die richte ich natürlich aus. Auf Wiederschaun.

Der Supermarkt ist um die Ecke, aber seine Glieder schmerzen, als er die Sachen aus der Einkaufstasche herausnimmt. Er hat ein bisschen von allem gekauft und vor allem aber viel Gemüse, weil sie das mag und es gesund sein soll. Die letzten Tomaten sind schon in der Schale verschimmelt, weil er sie nicht aufgegessen hat. Er kann mit rohem Gemüse nichts anfangen.
 Ich habe neue Tomaten besorgt, ruft er ins Wohnzimmer hinein, wo sie schon wieder in ihrem Sessel sitzt. Vor ihr liegt eine Zeitung.
 Sehr gut, sagt sie. Sehr gut, aber dann musst du sie diesmal auch aufessen.

Nach dem Abendessen setzt er sich in den anderen Sessel und sie schauen zusammen das schlechte Abendprogramm im Fernsehen. Dann geht er ins Bett und wartet darauf, dass sie nachkommt und ihr langes Nachthemd nach irgendwelchen Blumen riecht, so wie jede Nacht.

Als er am nächsten Morgen aufwacht, ist sie schon wach und nicht mehr im Schlafzimmer. Der Duft von Blumen ist auch verflogen. Er sieht sie im Wohnzimmer sitzen und gibt ihr einen Gutenmorgenkuss. Hast du dich heute schon gewaschen und rasiert?, fragt sie. Ja, sagt er, und du? Wenn nicht, dann tu das mal, sonst fängst du langsam an zu stinken. Sie lacht vor sich hin. Er auch.

Er kommt in die Küche und eine Tomate ist schon verschimmelt. Er lässt sie liegen. Dann müssen eben wieder neue gekauft werden.

Seine Tochter ruft an.
    Na, wie geht es euch? Sind die Schmerzen erträglich? Komm Maxi, rede kurz mit Opa, ach er ist schon wieder nach draußen spielen. Wollt ihr nicht bald mal wieder zu Besuch kommen? Wie geht es Mama? Kann ich sie kurz sprechen? Ach so, ja. Habt ihr auch von dem schrecklichen Gewitter gehört? Übrigens, mir ist eingefallen, was wir Klara zur Hochzeit schenken könnten. Maxi, lass das, das sollst du nicht tun. Wo war ich? Ach so. Stimmt. Sie wünscht sich doch so sehr etwas Neues für die Küche, da hab ich mir gedacht ... Maxi, hör sofort damit auf. Du Papa, ich rufe später noch mal an, ich muss mich jetzt um Maxi kümmern. Küss Mama von mir, bis später.
    Ach ja, es ist in Ordnung. Die Schmerzen sind auch erträglich. Ach der Lausebengel. Gib ihm ein Eis von mir aus, ja? Ja gerne, vielleicht in ein paar Wochen, ich muss mich noch darum kümmern, dass die Rosen gedeihen. Sie hat eine leichte Erkältung, aber nichts Ernstes. Nein, sie hält gerade ein kleines Schläfchen. Oh ja, das haben wir in den Nachrichten gesehen, sehr schlimm. Du hattest gerade von Klara gesprochen. In Ordnung, grüß die anderen von mir.
    Im Wohnzimmer erzählt er ihr, dass die Tochter angerufen hat. Maxi ist genauso frech und ungezogen wie sie es damals alle waren, sagt er und sie lächeln beide und denken an frühere Zeiten, als sie selbst noch jung waren.

Sie sitzen sich gegenüber.
    Du bist so blass geworden, sagt er. Und: Alle Tomaten sind verschimmelt, ich dachte, du kümmerst dich darum.

Das Fenster ist geöffnet und in das Zimmer weht ein kalter Wind hinein, der die Baumkronen vor dem Fenster rauschen lässt. Er steht am Fenster und lässt seine roten Wangen abkühlen.

Sie sitzt in ihrem Lieblingssessel und rührt sich kaum. Er muss jetzt in den Supermarkt gehen. In deinem Tempo brauchst du eine Weile, denkt er im Stillen. Am liebsten hätte er es, wenn sie mitkäme. Er geht auf sie zu und drückt ihr einen Kuss auf die Wange. Sein Rücken schmerzt, als er sich wieder aufrichtet und seine Beine fühlen sich schwach an. So als könnten sie keine Last mehr tragen.

Wie geht es denn der Gattin? Ich habe sie länger nicht gesehen, sie ist doch nicht etwa krank?

Gut, danke. Sie ruht sich heute etwas aus, eine kleine Erkältung wahrscheinlich, kein Grund zur Sorge. Sie ist nur etwas blass geworden.

Oh, da hat sie ganz recht, dass sie sich ausruht. So eine Erkältung kann langwierig sein.

Ja, denkt er bei sich, ja sie ist schon seit Tagen blass. Und still.

Die letzten Tomaten sind in der Schale verschimmelt, weil er mit rohem Gemüse nichts anfangen kann. Ich habe neue Tomaten besorgt, ruft er ihr zu. Die Zeitung vor ihr ist auch schon einige Tage alt. Sehr gut, hört er sie rufen. Sehr gut, aber dann musst du sie auch aufessen. Ich kann nichts damit anfangen, das weißt du doch, antwortet er. Warum hast du sie dann gekauft?, hört er sie berechtigterweise fragen.

Nach dem Abendessen setzt er sich in den Sessel neben sie und sie schauen zusammen das schlechte Abendprogramm im Fernsehen. Dann geht er ins Bett und wartet darauf, dass sie nachkommt und ihr Nachthemd nach irgendwelchen Blumen riecht, so wie jede Nacht. In den letzten paar Nächten hat er den Duft vermisst.

Als er wieder in die Küche kommt, sind alle Tomaten verschimmelt.
Gewaschen hat sie sich wohl auch nicht.

Im Wohnzimmer erzählt er ihr, dass die Tochter angerufen hat. Maxi ist genauso frech und ungezogen wie sie es damals alle waren, sagt er und lächelt wehmütig, während er an frühere Zeiten denkt, als in ihren Augen noch das Leben zu sehen war.

Das Fenster ist geöffnet und in das ohnehin schon kalte Zimmer weht ein eiskalter Wind hinein, der die Baumkronen vor dem Fenster unfreundlich rauschen lässt. Er steht am Fenster und weint leise, bevor er sich umdreht, ihre Augen zum wiederholten Male schließt, ihr einen Kuss auf den kalten Mund gibt und im Supermarkt Tomaten kaufen geht.

Janea Reining, 1987 in Gießen geboren, begann nach Abitur und einjährigem Au-pair-Aufenthalt in Schweden eine Ausbildung zur Gesundheits- und Krankenpflegerin und steht jetzt kurz vor dem Examen. 2004 Bundespreisträgerin »Treffen Junger Autoren«, Veröffentlichung des Textes »Kornblumenblaue Gedanken« in der Siegeranthologie.

Inhalt

Vorwort · Preisrede 7

Hauptpreise

Moritz Anton Gause · *Gedichte* 13
Robert Leopold Loth · *Weidenbaum* 17
Daniel Kroiß · *Die Nachbarn* 19
Stanley Schmidt · *Systemlüftung 2* 23
Romina Voigt · *Sanipass* 27
Florian Liesegang · *Ins Blaue* 30
Paul Parszyk · *Kokstext* 33
Gerrit Lange · *Antisemitismus für Kinder* 35
Marina Grgic · *Peru* 38
Susanne Schwencke · *Der Auftrag* 42

Autorenwerkstatt

Clio Alyssa Voß · *Die gegenwärtige Situation des R. Swoboda* 49
Stefan Dörsing · *Die Standpauke* 54
Katrin Pitz · *Eine gute Woche* 66
Dilan Karatas · *Gedichte* 70
Manon Henne · *Der Besuch* 71

Weitere Preistexte

Melanie Schneider · *Der 85. Geburtstag*	77
Fabian Sandelmann · *Woher das Schimpfwort Pissbudenlui kommt Oder Wie der Abort nach Deutschland kam*	81
Veronika Schneider · *Für Elise*	83
Markus Sehl · *Streusalz*	84
Michael Friedrich · *Gedichte*	88
Alicia-Eva Rost · *Freitag, der siebenundzwanzigste August*	90
Ruth Kroll · *Charme*	95
Marcella Melien · *Memory*	96
Nora Born · *Immer das Gleiche*	99
Thomas M. Meier · *Bilanz*	101
Florian Delvo · *Die Wand*	103
Marika Rother · *Gleich anders*	105
Michael Wittland · *Großstadtlieder*	110
Sophie Breitenberger · *Hinter der Mauer*	112
Jonas Ohland · *Luftschlacht über London*	117
Janea Reining · *Alte Bäume*	122